Elin Orban

Hon doftade Lotus

.

© 2021 Elin Orban

Författare: Elin Orban

Korrekturläsning: Anita Person

Förlag: BoD – Books on Demand, Stockholm, Sverige
Tryck: BoD – Books on Demand, Norderstedt, Tyskland
ISBN: 978-91-7969-939-0

Tack

Jag vill tacka alla som hjälp till med boken, min kära kusin, Mathilda Larsson som hjälpt mig med att utforma boken, Hannah Svensson som hjälpt mig med iscensättningar, min fantastiske bror, David Orban och hans underbara hustru, Denise Orban som hjälpte mig när jag riktigt kört fast och stått och trampat på samma ställe i månader. Jag vill också tacka alla som hjälpt mig med det tekniska. Tack min goda vän, Anita Persson för korrekturläsning. Som gjort att denna bok inte innehåller fullt så många fel som min första 😊

Jag hoppas verkligen att du har tyckt om att läsa "Hon doftade lotus" och har du inget annat för dig får du gärna kolla in mina andra böcker "När jag var du", Konsten att leva som en man" och "Eun-Jeongs tvilling".

Stort tack!

// Elin Orban

Förord

Detta är en påhittad berättelse som varken följer historien eller är baserad på någon historisk händelse eller person. Men om du har läst min första bok "När jag var du", kan du känna igen landet Qinga därifrån.

Vanligtvis skrivs i många asiatiska länder familjenamnet före förnamnet. Mitt namn skulle alltså bli Orban Elin, men eftersom det här är en svensk bok och svenskar är vana med att vi skriver efternamnet sist och förnamnet först, har jag som författare valt att skriva även så i den här boken.

Prolog

I kejsardömet Qinga, för närmare 600 år sedan

Kejsare An Bai Ju märkte att något var fel. Fåglarna hade slutat kvittra i träden. En kall bris grep tag i hans långa silverman. Vindpusten gav honom kalla kårar. Plötsligt som från ingenstans dök det upp ett stort gäng beväpnade banditer. Innan han hann reagera hade det skjutits en pil in i halsen på hans häst. Hans annars så starke och lugna kamrat hade gnäggat högt och stegrat av smärtan. An Bai gjorde sitt bästa för att hålla sig kvar, men i slutändan hade tyngdlagen gjort sitt. An Bai hade ramlat av med en väldig duns.

Under tiden An Bai tog sig upp på fötter igen hade redan hälften av hans män blivit slaktade och de var ändå några av landets skickligaste livvakter och soldater. An Bai svingade upp sitt svärd ur skidan och mötte en av motståndarnas slag. Elakheten glimmade till i ett par välbekanta ögon. Var hade han sett de ögonen förut?

Han hann inte fundera mer på det när någon högg honom i ryggen. Han föll ner på knä och började hosta kraftigt. Blod fyllde hans mun och smekte hans tänder. Han försökte säga något och satte nästan i halsen på grund av blodet.

Fienden med de välbekanta ögonen stannade upp och skrattade. Han hånade honom och sa:

"Nämen ers kungliga höghet, hur är det fatt egentligen?"

An Bai ju försökte återigen säga något, men fick inte fram ett ljud. Blodet rann nu längs hans haka, käke och ner i en strid ström över halsen. Men han stod fortfarande på knä. Än fanns det liv kvar i honom. Han tänkte inte ge upp riktigt än. Hans blick gick till hans svärd. Kanske kunde han använda sina sista krafter till att döda mannen framför sig.

"Vadå? Vad sa du? Jag uppfattade det inte riktigt", fortsatte prins Kuen håna. Under tiden han talade gick alla hans män och ställde sig i en ring kring den döende Kejsaren.

Prins Kuen, den fjärde sonen till Kejsare An Bai Ju njöt av att se sin far lida. Se hans far lida så som hans far i åratal låtit hans mor lida. Hur han valt Ning Rong, dotter till en köpman och konkubin av tredje rang, framför hans egen mor, kejsarinnan Bao Ju, dotter till den förra generalen och syster till den nuvarande. Hur han gång på gång sårat hans mor till förmån för häxan Ning Rong. Ilskan fick Kuen att bita ihop tänderna.

Kuen kunde dessutom inte låta bli att känna sig lite extra sårad över att hans far inte kände igen honom. Det var visserligen inte så ofta de träffades, men han trodde ändå att hans far höll av honom. Hur annars kom det sig att han valt honom att bli hans efterträdare, ifall han skulle dö? Men han hade kanske inte så mycket annat till val. Kuen var ändå den enda sonen kejsarinnan Bao fött och kejsarinnan Bao var en mäktig kvinna, favoriten hos landets styrelsemän och parlament och rikare än någon av de andra konkubinerna hans far hade. Dessutom var Kuen själv en mycket lärd man, långt intelligentare än sina bröder. Det var han, som hjälpt astronomerna att bygga sin senaste och mest effektiva stjärnkikare. Det var han, som kommit på hur de skulle bygga stadens bevattningssystem, och det var han som hjälpt till att utveckla skattesystemet. Att någon annan än Kuen skulle bli krönt i faderns ställe var för Kuen otänkbart och likaså för de flesta andra i landet. Han såg på sin far och kände plötsligt en stor sorg. Hade hans far bara gått med på att ge honom tronen när han bett om den förra månaden, hade inget av det här behövt hända. Med något mjukare röst sa han:

"Din plats på draktronen närmar sig sitt slut. Har du någon sista önskan?"

"Dö!" skrek Kejsare An Bai och höjde sitt svärd och svingade det mot sin fiende. Men Kuen var snabbare. Han höjde sitt svärd i sista sekund och högg av An Bais utsträckta hand.

An Bai Ju skrek av smärta. Hans krafter var snart slut, men den plötsliga chocken och smärtan gav honom adrenalin. Men han visste ändå att det inte var lönt. Hans tid var räknad. Det rörde sig bara om någon minut innan blodförlusten gjort sitt och han skulle vara död. Han såg i sin fiendes ögon att han tänkte likadant. Han såg också något annat i de ögonen. Det var sorg och plötsligt insåg han varför ögonen var så bekanta. De tillhörde hans fjärde son prins Kuen.

"Kuen…" viskade han med den största möda.

Kuen log bakom ansiktsmasken. Äntligen kände hans far igen honom. Men innan fadern hann säga något mer, ifrågasätta eller vädja till honom om hjälp, beslöt sig Kuen att göra slut på det hela. Han höjde svärdet, blundade och högg sedan av faderns huvud.

Nu var det klart och tronen var hans.

*

Ordet nådde Prins Cheng-Gong Ju. Hans far, Kejsare An Bai Ju, hade gått bort under jakten. Han och hans män hade övermannats av ett stort gäng beväpnade banditer. Kejsarens vakter hade gjort allt i sin makt, men det hade i slutändan varit förgäves. De hade själva mist livet och ännu värre var; Kejsare An Bai Ju var också död.

Cheng-Gong försökte känna sorg och smärta. Hans far var död. Borde inte de orden få honom att känna något? Men hur han än kände efter infann sig inte sorgen. För hur kan man sörja någon man knappt känner?

Prins Cheng-Gongs halvbror Prins Jo Bai Ju hade stått bredvid honom när de fått den tråkiga nyheten. Jo Bai verkade verkligen sörja sin far. Efter att den första chocken lagt sig hade han fallit ner på golvet av sorg. Han började sedan slita sönder sina kläder, allt medan han beklagade sin fars, hans kungliga höghet Kejsare An Bai Jus plötsliga bortgång. Tänk om Cheng-Gong kunde känna åtminstone en tiondel av allt det Jo Bai kände?

Jo Bai var den äldsta av alla bröderna och skulle snart fylla trettiofem. Han var dotter till den förra Kejsaren An Bai Jus första konkubin Chi-bi Chan. Tyvärr hade Chi-Bi Chan dött i barnsäng när hon födde Jo Bai. Som moderlös var det inte konstigt att den förstfödde Jo Bai och Kejsare An Bai Ju fått ett extra nära förhållande. Man hade därför kunnat tycka, att det borde vara han, som skulle bli nästa Kejsare i händelse av att något hände deras far. Tyvärr var Jo Bai inte känd för att vara den klipskaste. Han omgav sig inte allt för sällan med glädjeflickor, vin och spel. Något som orsakat hans far stor sorg. Frågan var om sorgen skulle få honom att ändra sig?

Vred Cheng-Gong på huvudet kunde han se att en annan av hans dryga trettio bröder, prins Kuen också föll ner på marken, skrek ut sin sorg och slet sönder sina kläder. Prins Cheng-Gong hade bortåt trettio halvbröder och nästan lika många systrar. Men han hade bara ett nära förhållande med några av dem. De andra träffade han knappt. Prins Kuen var ett halvår äldre än Cheng-Gong och son till kejsarinnan Bao medan Cheng-Gong var son till en av Kejsare An Bais konkubiner, Ning Rong. En mycket älskad konkubin, kanske till och med mer än Kejsare An Bais första fru Bao var, men ändå bara en konkubin.

Cheng-Gong kunde inte låta bli att förvånas smått över sin äldre halvbrors kraftiga relation. Kuen var känd som en intelligent och sansad man. Han hade sedan fem år tillbaka hjälpt deras far att förvalta och ta hand om landets importer och exporter, och hade förutom det, också förbättrat livet för många av landets invånare på ett eller annat sätt. Han var en uppfinnare och kom inte sällan med nya idéer. Det var därför inte konstigt, att många trodde att han en dag skulle bli landets nästa Kejsare. Men ingen hade nog trott att det skulle bli så snart. Kejsare An Bai hade varit vid god hälsa och kunde fortfarande inte kallas för gammal. Han hade ju ännu inte hunnit fylla sextio.

Prins Cheng-Gong var långt ifrån lika dramatisk som sina bröder. Givetvis sörjde han också sin far, som sagt i den mån man kan sörja någon man knappt känner, men det låg inte i hans natur att uttrycka översvallande känslor. Han stod rak i ryggen, med händerna knäppta framför sig och med ett spänt uttryck i ansiktet. Runt omkring honom höll folk höga klaganden, men Prins Cheng-Gong förblev tyst. Han hade inget att säga. Kanske var det alla år på slagfälten som gjort honom hård? Det var bara för ett halvår sedan som han kommit tillbaka. Vid det laget hade han varit borta på slagfältet sedan han var sexton. Det var till stor del på grund av honom som de äntligen vunnit mot grannlandet i öst, det rika och starka landet Hengong. Idag låg Hengong vid deras fötter och deras arméer och rikedomar tillhörde Qinga. Det stora kriget var äntligen slut och Qinga hade kommit ut som segraren. Det var bara fram tills helt nyligen som folket och palatset slutat fira.

Cheng-Gong skämdes för att han inte gjorde något. Till slut gick han fram till sina två tidigare nämnda bröder och lade en varsin hand på deras axlar. Han gav de båda en tröstande klapp.

*

En vecka senare väntade de alla drygt trettio bröderna och tjugo systrarna, alla styrelsemän och parlamentsmedlemmar, kejsarinnan Bao och alla konkubiner på att huvudeunucken Guanting Song skulle läsa upp dekretet. I det hade den förra Kejsaren An Bai Ju tillkännagett sin arvinge och landets nya Kejsare.

Guanting Song var en kort man, några år över sextio. Han hade förlorat det mesta av sitt hår och resten av håret satt som en krans runt hans huvud. Men de silverfärgade stråna doldes som vanligt av en lång hög, gul och orangefärgad hatt. Över den lätt satta, men kutiga kroppen bar han en rock i samma gula och orangea färg som hatten. Om livet hade han ett brett mörkblått bälte och tygskorna var i samma färg. Men det var inte bara Guanting Song som bar gul och orangea kläder med mörkblå detaljer. Alla eunucker, tjänare och tjänarinnor bar likadana färger.

Äntligen rullade Guanting ut skriftrullen. Prinsar och prinsessor, styrelsemän och parlament, eunucker, tjänare och tjänarinnor föll alla ner på knä för att ta emot dekretet. Guanting harklade sig lätt och läste sedan med hög och tydlig röst:

"För hans mod och kraft. För hans lojalitet och uthållighet utser jag, Kejsare An Bai Ju härmed min sjunde son, prins Cheng-Gong Ju till att bli landet nästa Kejsare, i händelse av att jag dör. Gå ner på knä för er nya Kejsare. Länge leve Cheng-Gong Ju!"

Chocken bredde ut sig i lokalen. Prins Kuen fick hejda sig för att inte kasta ut en lång harang svordomar. Hur hade detta kunnat ske? Varför hade Kejsaren inte valt honom? Han kunde inte hejda sig från att kasta hatiska blickar på sin bror. Kuen hade aldrig tyckt om Cheng-Gong och så länge han kunde minnas hade de tävlat med varandra. Men nu ändrades Kuens känslor och han började hata sin bror och hata sin far. Visst hade Cheng-Gong hjälp landet genom att kriga i det där långa och onödiga kriget, men vad var det mot allt det Kuen gjort?

Cheng-Gong kände av Kuens hatiska blickar. Han kom att tänka på vad hans vän Tao Tai hört på stadens mest kända bordell "Glada damen", tidigare i veckan. Där hade han fått höra av en säker källa, att det i själva verket var Kuen som låg bakom faderns död. Han hade inte riktigt trott på honom. Men när han själv sökt upp läckan hade denne redan varit död. Det verkade på det hela taget mycket misstänksamt. Men fram tills han hade bevis fanns det inget han kunde göra.

Cheng-Gong gick och satte sig på tronen och snart ljöd det i rummet:

"Lycka och ära leve den nya Kejsaren. Må han leva för oöverskådliga tider!"

*

Samtidigt i en annan del av landet.

Det lilla utrymmet skulle varit kolsvart om det inte suttit ett cirkelformat fönster på dörren framför henne. Just nu sken en varm förmiddagssol in genom fönstret och smekte hennes avsvimmade kropp. Allt medan solens strålar värmde henne började hon sakta vakna upp. Hon öppnade omtumlat ögonen. Solen fick henne att kisa och det tog några sekunder innan ögonen anpassat sig till ljuset. Hon såg sig förvirrat runt i det lilla utrymmet. Utrymmet kunde inte vara större än två kvadratmeter brett och längre än två meter högt. Hon befann sig på golvet med kroppen liggande i en onaturlig ställning som tärde på hennes rygg och nacke. Hon försökte sätta sig upp, men förvånades av den plötsliga smärtan som övermannade henne.

Hon var skadad. Hon hade ett sår på ena överarmen och ett på ena låret. Någon eller om det var hon själv, hade lindat om båda såren med hjälp av tygstycken. Hon lade också märke till att tygstyckena verkade komma från hennes egna kläder. Mödosamt satt hon sig upp och lutade rygg och huvud mot ena väggen. Hon fortsatte att se sig omkring nu med något vaknare ögon. På ena sidan om henne var dörren med fönstret. Den var av metall, precis som resten av väggarna. På andra sidan gick det ut en panel från väggen fylld med mörka displayer, knappar och mätinstrument.

Var är jag? tänkte hon förvirrat och blinkade till några gånger. Huvudet värkte lätt och hon satte en hand för pannan. Ingenting kändes bekant. Tankar snurrade runt i huvudet och hon hade svårt att fokusera på någonting alls. Hon blundade och suckade djupt. Hon försökte komma på vad som hänt innan hon hamnat skadad i detta lilla metallbeklädda utrymme. I huvudet flög tankar hit och dit men inget fastnade. Tomhet! Allt var bara tomt. Det var som om någon sugit ut alla minnen ur hennes skalle och lämnat den ihålig och tom. Huvudet dunkade och hon var tvungen att vila en stund.

Jag kanske inte vet var jag är eller hur jag kommit hit, men jag vet i alla fall vem jag är? tänkte hon efter en stund. Hon letade återigen i huvudet. Hon letade efter svar. Något, bara ett fragment räckte, bara hon mindes något som kunde berätta vem hon var. Men inget. Hon möttes av samma kaos, samma dunkande, samma smärta och tomhet.

Jag vet inte vem jag är, tänkte hon stilla. Sakta gick tanken in och paniken började komma krypandes. Hon kände för att gråta, men inga tårar kom. Något sa henne att hon nog inte var typen som grät så lätt. Hon drog ett djupt andetag. Här kunde hon i alla fall inte sitta. Något sa henne att hon nog var väldigt praktisk också. Hon skulle ta sig därifrån, hämta hjälp och sen skulle hon nog få sitt minne tillbaka. Det var ingen fara, sa hon sig. Men det var trodde inte riktigt på det själv.

Med stor möda tog hon sig upp. Ena benet ville inte bära henne så hon fick stödja såg på det andra. Med sin friska arm och hand letade hon längs dörren efter ett handtag. Hon behövde inte leta länge. Trots minnesförlusten var det ändå som en del av henne mindes. En del av henne visste redan hur man öppnade dörren. Hon fick ta i allt vad hon kunde för att få upp den tunga metalldörren. Hon kunde då se hur tjock den var. Vem det än var som byggde den här "kapseln" ville i alla fall inte att vem som helst skulle kunna ta sig in, tänkte hon. Hon vilade sig några sekunder mot ena väggen och hoppade sedan på sitt friska ben ut ur "kapseln" och ut i naturen.

Hon befann sig i en glänta inuti en skog. Det snöade och var kallt. Ovanför henne sken solen starkt och hon satte automatiskt den friska handen ovanför ögonen. Hon såg sig omkring. Men inte heller nu kände hon igen sig. Det var vitt så långt ögat kunde nå. Hon blundade och lyssnade på alla ljud från omgivningen. Hon hörde fåglar som kvittrade och grenar som slog mot varandra av den lätta vinden. Men inga röster, ingen som pratade, skrattade, skrek eller sjöng. Hon var helt ensam mitt i skogen.

Hon huttrade. Det var kallt, men det kunde i alla fall inte vara många minusgrader, tänkte hon. Det måste finnas något som kan hjälpa mig, tänkte hon och gjorde sitt yttersta för att koncentrera sig. Det tog en stund. Smärtan gjorde det svårt att koncentrera sig och urskilja alla ljud. Men till slut lyckades hon. Hon hörde ljudet av vatten. Vatten som porlar, det kunde vara en bäck, en å eller fors. Hon visste inte vilket. Det enda hon visste var att hon måste ta sig dit. För där det finns vatten finns det ofta människor, tänkte hon. Med mödosamma steg, halvt släpande ena benet och halt hoppandes på det andra, tog hon sig fram genom skogen. Hon höll på så i en timme innan alla krafter var slut och hon föll ihop i en hög på marken.

*

Läkardottern Li Na Fei var ute med sin närmaste tjänarinna, Chou Chou, och en av familjens andra tjänare, Chan Hu. Li Nas hus låg nära en skog och det hände ofta att hon gick en promenad i skogen. I sällskap av några tjänare traskade hon genom träd och buskar oavsett årstid, sommar som vinter. Det var något hon gjort i många år. Det var därför inte konstigt att Li Na, Chou Chou och Chan Hu befann sig i skogen. De hade gått närapå en halvtimme och kommit ungefär till det stället där de brukade vända och gå tillbaka, när Li Na fick syn på något i snön. Det var en kropp, en kvinnokropp. Hon skrek skrämt till och beordrade Chan Hu att se till kroppen. Chan Hu var också rädd, men han var samtidigt mycket lojal. Han gjorde därför som lilla fröken sagt och undersökte kroppen. Det var en ung kvinna och hon levde även om hon var både sårad och mycket kall. Li Na bestämde att man skulle ta med sig kroppen hem. Chou Chou hjälpte Chan Hu att få upp kvinnan på hans rygg och sedan gick de hem.

Hemma lyckades Li Na övertyga sin pappa, doktor Heng Fei om att sköta om kvinnan. Dagen efter vaknade hon. Trots att hon till utseendet såg ut mycket som resten av Qingas befolkning hade hon de mest otroliga ögon. De var isblå, som frosten på snö en kall dag. Synen av hennes ögon fick de alla att flämta till av chock.

"Hon är en häxa", sa någon av dem.

Li Na såg förskräckt ut. Men eftersom det var hon som hittat kvinnan och övertygat sin far om att hjälpa henne, såg hon det som sin plikt att inte ge upp om kvinnan än. Hon fattade mod.

"Är du en häxa?" frågade hon kvinnan som förvirrat såg på dem.

Kvinnan rörde sig vid huvudet och grimaserade till. Hon hade uppenbarligen mycket ont. "Jag vet inte", bekände hon. "Jag vet inte om jag är en häxa, för jag vet inte vem jag är eller var jag kommer ifrån. Snälla, säg att du känner mig och vet vem jag är?"

Häxa eller inte? Li Na tyckte att kvinnan såg vänlig ut och av någon anledning fäste hon sig vid henne redan från början. Hon gav kvinnan namnet Lixue som betyder "vacker snö", eftersom det snöade dagen då hon hittat henne. Hon övertygade sin far om att låta Lixue stanna och tjäna i hushållet. Hon kunde ta Chou Chous plats som hennes personliga tjänarinna då Chou Chou snart skulle lämna dem för att gifta sig. Heng Fei gick med på det trots sin frus protester. Li Na var nöjd, men det var inte tjänarna. De var rädda för Lixues blåa ögon. De kallade henne häxa och snart gjorde också hela staden det. Snart blev hela hushållet Fei utfrysta. Ingen patient ville längre komma till Heng Fei för att få behandling. Fru Fen Feis vänner vägrade att träffa henne och mannen Li Na var tänkt att gifta sig med lämnade återbud. Fen Fei vädjade till sin man att kasta ut häxan. Heng Fe visste inte om Lixue var en häxa, men om så var fallet, sa hans instinkt honom att hon måste vara en god häxa, och att hon säkert skulle bringa familjen tur. Han hade heller inte hjärta att kasta ut henne. Trots sina ögon hade hon under den korta tid hon varit i Fei hushållet, visat sig vara både lojal, stark och omtänksam. En riktigt talangfull ung kvinna. Och när Li Na höll på att bli bestulen på sin portmonnä i staden förra veckan var det Lixue och inte Chan Hu som räddat Li Na. Heng Fei kände att det vore synd att kasta ut Lixue. Om hon däremot haft någonstans att ta vägen kanske det hade varit en annan sak, men nu hade hon bara familjen Fei att ty sig till. Li Na var också så väldigt fäst vid Lixue och ville konstant vara i hennes närvaro. Heng Fei valde därför att inte kasta ut henne. Istället tog han sin familj, sina saker och de tjänare som fortfarande var lojala honom och reste till en annan del av landet. Det blev också bestämt att Lixue skulle dölja sina ögon, så att det som hänt i staden Bei Li inte hände på nästa ställe. Lixue fick därför bära halvt genomskinliga tygstycken i olika färger - framför ögonen. Hon blev strängt förbjuden att visa sig utan sin "slöja", förutom när hon och Li Na var ensamma.

*

Kapitel 1

Attackerad i skogen

Tre år senare

Kejsare Cheng-Gong hade just varit och besökt templet och var på väg hem. Han var på sin vakt och hade fler vakter än vanligt med sig. Under de senaste tre åren som Kejsare hade han blivit utsatt för flera mordförsök. Han gissade, att det var hans bror Prins Kuen och hans mor, den före detta kejsarinnan Bao, som legat bakom försöken, men han hade inga bevis. Eftersom den förra kejsarinnan Bao kom från en mycket fin och inflytelserik familj, som dessutom hade en egen liten armé, vågade han inte ge sig på henne och hennes son utan bevis. Det fanns också risk för att andra rika och inflytelserika familjer skulle ställa sig på Baos och Prins Kuens sida, om han inte först bevisade deras skuld.

Redan för tre år sedan hade han varit en duktig krigare och följt med sin far när han försvarat fronten från grannlandet. Men idag tre år senare var Kejsare Cheng-Gong ännu starkare, ännu smidigare och ännu snabbare. Han var en mästare på svärd och en riktig hejare på bågskytte. Men det gjorde honom inte dumdristig. Nej, han visste att han måste vara försiktig. Han hade sina plikter som Kejsare och kunde inte begränsa sig på grund av ett flertal mordförsök. Han var tvungen göra det årliga besöket till templet för att be och meditera i tre dagar och tre nätter. Om han inte kom dit var det risk för att folket skulle se honom som feg och svag. De undrade redan varför han inte fått tag på sina fiender och utkrävt hämnd på dem. De undrade också varför han ännu inte tagit sig en kejsarinna. De flesta av hans bröder över femton var redan gifta. Han var redan trettioett och ännu inte gift. Klart att folket undrade. Några som var på honom ännu mer om det var hans rådgivare och styrelsemän.

Cheng-Gong suckade tungt. Han satt i en vagn på väg tillbaka till palatset. Han hade precis avslutat årets ritual vid templet. Han hade gått ner på knä inför guldstatyn i vad som kändes flera hundra gånger. Även om Cheng-Gong var en vital och stark man, hade även han sin gräns. Det var jobbigt att be i tre dagar och tre nätter med bara några timmars sömn varje natt och några timmars vila varje dag för att äta och för toabesök. Hans knän ömmade inför att knäande och hans näsa pirrade efter all rökelse. Han hoppades att förfäderna och Gudarna skulle välsigna fortsättningen av året, välsigna hans böner och gåvor och ge lycka till landet och folket. Att skörden måtte vara stor och han kunde fortsätta hålla fred med grannländerna.

Han tänkte återigen på sina plikter och på utsikten att behöva ta sig en hustru. Han hade redan flera konkubiner. Kanske inte lika många som flera av hans bröder, men det var helt och hållet hans eget val. Förutom i sängen fann Cheng-Gong ingen mening med att umgås med en kvinna, och ju fler kvinnor man hade, desto fler var han tvungen att spendera sin dyrbara tid med. Som det var nu turades Cheng-Gong om att besöka sina kvinnor några gånger i veckan, men han stannade aldrig hela natten. De var precis som alla andra fast värre. Alla ord som kom ur deras mun var lögner och falskt smicker. De smörade för honom och sa bara det han ville höra. De hade inga egna åsikter eller idéer. Inte för att han velat höra dem om de hade några. Att ta sig en fru, att ge landet en riktig kejsarinna skulle betyda att han var tvungen att engagera sig mer. Hans rådgivare och styresmän menade att han behövde en kvinnlig bundsförvant, någon som kunde hjälpa honom och ge en mer kvinnlig syn på saker och ting. De påminde honom om Yin och Yang och allt det där.

Cheng-Gong lutade sig tillbaka mot väggen i vagnen och suckade på nytt. Yin och Yang, tänkte han. Den ultimata balansen. Han kunde till viss del förstå tanken, även om det för det mesta kändes främmande. Men han menade att tronen redan hade en Yin. Hans moders ställning hade stigit avsevärt i och med att han själv blev Kejsare. Hon var numera Kejsarmodern och erhöll därför stor makt. Hon var hans Yin. Han behövde ingen hustru, tänkte han. Han hann inte mer än tänka tanken förrän vagnen plötsligt stannade. Var det vilopaus redan, tänkte Cheng-Gong förvirrat. Men så hörde han ljudet av stridshornet. Han och hans män var under attack. Cheng-Gong tog svärdsskidan med svärdet som låg bredvid honom och hoppade ut ur vagnen. Hans knän protesterade, men han brydde sig inte.

Han och hans män utgjorde tillsammans en skara på ca sextio man, men de var många fler. Han hade flera av de starkaste krigarna med sig, det tillsammans med honom själv och han var säker på att vinna. Han hade inte räknat med att hans attackerare var långt fler. Han drog misstroget efter andan när han såg att flera av hans tjänare och soldater redan blivit slaktade. Han drog bestämt svärdet ur skidan just i tid för att försvara sig mot en plötslig attack från vagnstaket. Med några snabba hugg hade han snart dödat mannen. Mannen hade varit maskerad liksom alla de andra attackerarna. Med svärdsspetsen drog Cheng-Gong undan tygstycket för mannens ansikte. Han studerade noga mannen, men fann att han trots det inte kände igen honom.

Cheng-Gong hade stridit hårt. Han hade säkert bara själv dödat trettio stycken av motståndarsidan. Men det räckte inte. Han såg med fasa hur alla hans tjänare redan var avrättade och att det inte var många av hans soldater kvar. Styrkan låg i att vara många och där var han i klart underläge. Dessutom var Cheng-Gong mycket trött. Det hade han varit redan innan och det hade bara blivit värre. Han undrade hur länge han skulle orka fortsätta. Chefen för hans livvakter ropade åt honom att fly. Han visste åt vilket håll det barkade.

Cheng-Gong tvekade. Han var en stolt man och vilken ära låg det i att fly? Men han var Kejsare, och fader för hela Qinga. Han måste överleva. Han hade inget annat val. Han dödade de närmast honom, kastade sig upp på en häst och red iväg. Bakom skrek någon "Ta fast Kejsaren!" Låt honom inte komma undan." Men Cheng-Gong såg inte bakåt. Det gjorde han inte förrän en pil svischade rakt förbi hans huvud. Först då såg han bakåt och fick se att tre andra män på häst var efter honom. Cheng-Gong manade på sin häst ytterligare.

Bågskytten avfyrade ytterligare en pil och den här gången träffade den Cheng-Gong i axeln. Cheng-Gong gav ifrån sig ett utrop av smärta och manade på sin häst ytterligare. Han var trött och kände hur krafterna försvann mer och mer. Skulle han förlora mycket mer blod skulle han vara ett lätt byte för sina attackerare. Skulle han sluta som sin far? undrade han stilla. Han sände en tacksam tanke över att han inte hade några barn. Annars skulle de säkert också blivit dödade vid det här laget. Nej, han tänkte inte dö såhär. Han tänkte inte dö nu. Han drog in tyglarna och stannade hästen. Med ett smidigt hopp, så smidig som han nu var efter att ha blivit skjuten i axeln - hoppade han av hästen. Han drog sitt svärd och slog undan en pil som svischade rakt emot honom. Den första ryttaren var nu framme vid honom och försökte spetsa honom med sitt svärd. Men Cheng-Gong duckade och högg istället av frambenen på ryttarens häst. Hästen föll till marken och ryttaren blev klämd under dess vikt. Det skulle

dröja en stund innan han kunde ta sig upp igen. De
andra två ryttarna hoppade av sina hästar. De var
maskerade precis som sin kompis, som just nu låg
klämd under en häst. De drog sina svärd och närmade
sig Cheng-Gong. Även om han inte kunde se deras
ansikten förstod han ändå att de båda log.

"Oroa er inte ers höghet. Allt kommer snart att vara
över", flinade den ena.

"Vi ska nog få se för vem det hela snart är över",
replikerade Cheng-Gong. Han var mycket trött och
även han kunde höra att hans röst lät ansträngd. Men
han tänkte ändå inte ge upp.

Så följde en intensiv strid. Cheng-Gong blev skuren i
ena låret, men avgick förutom det med seger. Den
sista mannen låg fortfarande kvar under hästen och
han förstod nu mycket väl vad som väntade honom.
Det var med skräck i ögonen som han såg hur Cheng-
Gong gick fram till honom med höjt svärd. Utan att
visa minsta barmhärtighet avrättade Cheng-Gong
mannen och därefter hans häst. Mycket mödosamt
och med andan i halsen skötte han sedan om sina sår.
För att inte lämna några spår dödade han de två
hästarna som var kvar. Det tog lite emot, men det var
nödvändigt. Han ville inte att något kunde leda hans
fiender till honom. Han satte sedan upp på sin egen
häst och fortsatte rida på jakt efter ett ställe att
gömma sig på. Efter en stund kom han till en väl gömd
grotta. Där gömde han sig. Han behövde inte mer än

sätta sig ner och luta sig mot klippväggen för att sömnen skulle infria sig.

*

Kapitel 2

Räddad av en främling

Lixue såg oroväckande på himlen. Flera mörka moln var på väg rakt emot henne. Det skulle inte dröja länge innan det blir regn, tänkte hon. Hon böjde sig ner och plockade lite pepparrot. Lixue var mycket tacksam mot sin herre doktor Heng Fei och hjälpte honom ofta att plocka olika medicinska örter i skogen. Ibland följde hennes fröken Li Na med henne. Precis som Lixue uppskattade Li Na naturen, även om hon inte brukade hjälpa till och plocka örter. Hon följde mer med som sällskap. Idag hade inte Li Na följt med henne. Hon vaknade denna morgon med huvudvärk och lätt halsont. Doktor Heng Fei hade tänkt ge henne varmt vatten med råriven pepparrot, men pepparroten var slut, så också flera andra örter i hans samling. Eftersom han själv hade flera andra patienter att ta hand om och Lixue var mycket duktig på örter och växter, och ofta plockat örter åt honom förut, hade han istället sänt iväg henne. Han undrade om hon ville ha någon annan med sig, men som vanligt tackade hon nej. Det var sällan Lixue fick vara ensam. De flesta av dygnets timmar spenderade hon med sin fröken Li Na eller med några av de andra tjänarna, vare sig det var i köket, på läkarmottagningen eller i trädgården. Hon njöt nog ordentligt av ensamheten. Hon plockade ört efter ört i skogen samtidigt som hon gick och sjöng:

"Jag planterade ett frö.
Äntligen bar den frukt.
Idag är det en bra dag.
Jag vill plocka stjärnorna och ge dem till dig.
Dra ner månen och ge den till dig.
Varje dag låta solen stiga, bara för dig."

Som vanligt hade hon inte en aning om vad hon sjöng.
Men hon visste att låten i hennes huvud inte lät lik
någon av de sånger och melodier hon hört de senaste
tre åren. Hon gissade att precis som med alla andra
låtar hon brukade sjunga, så skulle ingen annan än
hon, känna igen den här heller. Hon undrade ibland
vad hon fick allt ifrån, alla låtar och alla uttryck som
ingen annan än hon använde sig av. Idag hade hon lärt
sig. Idag lät hon nästan som alla andra. Det hade hon
verkligen inte gjort för tre år sedan. Det var mycket
som var konstigt med henne, förutom det där med
hennes blåa ögon, funderade Lixue. Saker som alla
andra fann självklara och de lärt sig när de var små
hade Lixue varit tvungen att lära sig under dessa tre år
som gått. I början hade hon knappt kunnat gå på toa
själv. Hon hade inte vetat hur man gjorde upp eld i
köket, vilket av alla klädesplagg som man skulle ha på
sig underst eller vad man skulle göra om man fick
mens.

Lixue hade fortfarande inte fått tillbaka minnet, men
hon drömde ofta och när hon drömde, drömde hon
om konstiga saker. Saker ingen annan sett. Hon kunde

drömma om människor instängda i små lådor. Hon kunde drömma om vatten som rann av sig självt i porslinsbaljor, om musik utan att någon spelade instrument och konstigaste av allt, att hon kunde flyga.

Plötsligt träffades Lixue av en vattendroppe. Lixue torkade näsan och såg upp på himlen. I samma stund öppnades himlen och släppte ner ett skyfall. Lixue plockade upp korgen med örter som hon ställt på marken och gick fram till sin häst. Hon visste att det fanns en grotta i närheten. Där kunde hon söka skydd.

*

Lixue blev förvånad när hon såg en häst stående i dörröppningen till grottan. Den drack dagg ur en grop i stenen nedanför. Konstigt, tänkte Lixue.

"Var har du din ägare då?" frågade Lixue hästen.

"Du kan inte ana vad jag har varit med om. Det är ett mirakel att jag överlevt," klagade Cham Cham till svar.

Lixue klev av sin häst och ställde den bredvid den andra hästen. Hon klappade den andra hästen frånvarande på ryggen samtidigt som hon spejade in i den mörka grottan.

"Hör du inte vad jag säger?! Jag dog nästan!" fortsatte Cham Cham att gnägga.

Ljudet av hästens uppretade gnägg väckte henne hur hennes funderingar. Hon klappade lugnande hästen på manen och ner över ryggen. Plötsligt kände hon hur hennes hand blev blöt och det var inte av svett. Det var något klippigt och kletigt. Lixue skyndade att se efter vad det var, och fann till sin förskräckelse att det var spår av blod över hela hästens rygg och sadel. Hon flämtade bekymrat till.

Vad var det som hänt? tänkte hon och fortsatte lugna ner den upphetsade hästen. Tanken slog henne, kanske låg hästens ägare inne i grottan? Han var säkert skadad. Det fanns ingen tid att spilla. ´

"Oroa dig inte, jag kommer tillbaka snart", viskade Lixue och gav hästen en sista klapp innan hon gick in i grottan. Bakom sig gnäggade hästen åter.

"Ja, vad du än gör, lämna mig inte ensam här!"

Hon behövde inte gå många meter innan hon fick syn på en figur i skuggan. Figuren satt på stengolvet och lutade ryggen mot grottans ena vägg. Trots det svaga ljuset kunde Lixue se hur guldtrådarna i hans klädesplagg glittrade. Hon satte sig på huk framför mannen och tog hans puls. Inte ens då öppnade han ögonen. När hon var så nära kunde hon studera hans kläder mer ingående. Han bar ett fint mörkblått klädesplagg av dyrbaraste tyg. Lixue kände med fingrarna på tyget. Hon hade aldrig känt något liknande. Över bröstkorgen var det en stor drake broderad av samma guldtråd som prydde klädesplaggets övriga broderier.

En drake! Hon visste vad det betydde. Mannen var av kunglig börd. Kejsare till och med om hon inte misstog sig. Lixue drog efter andan. Plötsligt öppnade främlingen dåsigt ögonen. Lixue kände hans blick på hennes hjässa och såg upp. Genom sin slöja såg hon hans glansiga gyllenbruna ögon. Han såg på henne med dimmig blick. Han måste ha feber tänkte hon och lade en hand på främlingens panna. Han ryckte till och såg förvånat på henne. Om han nu var Kejsare undrade han säkert vem hon var och varför hon tog på honom.

"Du har feber", sa Lixue och såg på honom med bekymrade ögon.

Men Cheng-Gong kunde inte se Lixues blick genom slöjan. Han undrade först om han drömde eller om han dött. Han hade vaknat till av värmen av hennes hand mot hans bröst. Han betraktade henne med febriga ögon. Han kunde se en kvinna med nätt figur och svart hår. Framför överdelen av ansiktet bar hon en slöja, som också täckte hennes ögon. Hon verkade för honom mystisk och han kände nyfikenheten stiga. Slöjan gjorde det svårt att bestämma hur gammal kvinnan kunde vara. Han såg på hennes kinder, mun och haka och hittade inga rynkor eller fina linjer. Hon kunde inte vara så gammal, tänkte han omtöcknat.

"Du måste vara skadad", sa kvinnan. "Var har du ont?", fortsatte hon.

Hon hade en vacker röst, tänkte han förstrött.

"Jag…", började han och försökte räta på sig. Strålar av smärta gick ut från hans ben och axel och sände signaler till hans hjärna som fick hans mun att grimasera och jämra sig.

"Ta det försiktigt", sa kvinnan.

"Vem… vem är du?" frågade han ansträngt. Han fick svårare och svårare att hålla ögonen öppna.

Hon log mot honom och sa något, men han hörde inte vad hon sa. Han var just på väg att flyta ut i medvetslösheten igen.

Lixue såg att främlingen återigen tuppade av och svor lågt. Det skulle inte bli det lättaste att få med honom hem. Hon funderade ett ögonblick på att rida hem och hämta hjälp, men avfärdade tanken. Var han landets Kejsare, precis som hon trodde att han var, kunde hon inte lika gärna lämna honom ensam här. Hon suckade högt. Nej, på något sätt måste hon få hem honom.

Lixue drog upp främlingen på ryggen. Det var tredje försöket och främlingen hade inte vaknat upp någon gång. Men den här gången verkade det fungera. Med korta stapplande steg tog Lixue sig ur grottan med främlingen på ryggen. Han var tung, så tung att hon fick riktigt bita ihop och uppodla all sin viljestyrka för att kunna bära honom. Ändå var mannen inte tjock. Tvärtom. En liten röst i huvudet viskade att muskler väger mer än fett. Hon undrade var den tanken kom ifrån. Det var i alla fall inget som hennes herre dr Heng Fei berättat för henne.

Så försiktigt hon kunde lade Lixue ner främlingen på marken. Hon sa till sin häst att lägga sig ner, lyfte på nytt upp främlingen och lade honom tvärs över hästryggen. Hon tog tag i tyglarna till främlingens häst och satt sen själv upp på sin häst.

Cham Cham gnäggade lättat till. "Vi skyndar oss hem. Det börjar bli mörkt snart", klagade han.

Hon satte sig bakom främlingen som låg på mage tvärsöver hästens rygg. Med ett ljud manade hon på sin häst. I en hand höll hon sin hästs tyglar samt främlingens hästs tyglar och den andra handen låg på mannens rygg. Inte för att hon skulle ha styrka nog att hålla honom kvar ifall han skulle glida ner utan mest för att det kändes bra. Det var symboliskt.

Hon red sedan den halvtimme det tog att komma till Fei-residenset.

Kapitel 3

Hopplöst förälskad

Familjens tjänare mötte Lixue utanför träportarna till Fei residenset. Lixue hoppade av hästen och berättade vad som hänt. En av tjänarna sprang och hämtade dr Heng Fei. Lixue förklarade situationen för honom och viskade i hans öra att hon misstänkte att främlingen var av kunglig börd. Som det var nu låg främlingen på mage på hästen så ingen kunde se den stora draken som var broderad över hans bröst. Det var bäst så. Annars skulle det börja skvallras och hade mannen några fiender skulle de lätt kunna hitta honom i Fei hushållet. Dr Heng Fei nickade förstående och sa att främlingen skulle bäras upp och ner, med magen nedåt. Han förklarade att det var bäst för mannens hälsa. Han ljög givetvis.

Mannen bars in och lades i det rum man annars hade reserverat för finare gäster. Även om ingen annan än Lixue och dr Heng Fei visste vem mannen egentligen var, så förstod ändå alla som såg honom att han kom från en finare familj, en mycket finare familj. Tjänaren Chen Xiao som hjälpt till att bära främlingen hade aldrig sett ett så fint tyg förut, som det mannen bar. Det skulle han också berättat för allt och alla som ville höra, om han inte fått stränga tillsägelser att hålla främlingens närvaro hemlig.

"Lixue", sa Dr Heng Fei till Lixue. "Klä av främlingen och tvätta honom. Låt ingen annan se honom. Och låt ingen annan se hans överrock. Göm den där ingen kan hitta den. När du är klar kan vi tillsammans se över hans sår. Hämta också rena mansunderkläder, något vi kan klä honom i det efter vi lagt om hans sår."

Lixue nickade allvarligt och hämtade genast en balja med ljummet vatten, rena tygstycken att tvätta mannen med, förband och ett örtpaket. Med rappa steg hämtade hon rena underkläder i en storlek som skulle passa främlingens smärta, men muskulösa kroppsbyggnad och satte sen igång med att klä av främlingen. Det var ett tungt arbete. Men Lixue var trots sin spinkiga kroppsbyggnad en stark kvinna. Framför allt hade hon en viljestyrka som få. När inte musklerna räckte till för att lyfta upp mannens rygg hjälpte hennes viljestyrka till. Precis som den gjort när hon fått upp mannen på hästen.

Lixue höll på att tvätta mannens blodiga bröstkorg när han tog det första steget mot uppvaknande. Han öppnade ett par glansiga gyllenbruna ögon och såg på henne. Lixue tvingade sig själv att le lugnande. Egentligen var Lixue långt ifrån lugn. Mannens sår var djupt och han hade dessutom en lätt feber. Var mannen verkligen Kejsare precis som hon misstänkte och mannen dog i dr Heng Feis vård kunde det gå illa, inte bara för honom och henne själv som hjälpt till, utan också för hennes älskade Li Na och resten av hushållet, inklusive alla tjänarna. Så Lixue log, hon log uppmuntrande och med den ljuvaste röst försäkrade hon främlingen att allt skulle bli bra.

*

Cheng-Gong kände sig ovanligt svag. Hela hans kropp värkte inklusive hans huvud. Han kände sig sjuk och hade väldigt ont. Han hade vaknat av smärta när en främmande kvinna börja tvätta hans sår med ljummet vatten. Cheng-Gong såg med febriga ögon på kvinnan och visste först inte om han drömde. Han sökte kvinnans blick för att se om hon var mänsklig, men fann att ögonen var dolda bakom ett halvt genomskinligt tygstycke som täckte hela hennes pannan och ögon. Han mindes då att han sett henne förut. Han hade sett henne i grottan och hon hade lagt en hand på hans bröst. Hans blick sökte sig längre ner mot kvinnans mun. En rosafärgad mun bildade för en sekund ett lugnande leende innan kvinnan öppnade munnen och sa:

"Oroa er inte, ers höghet. Ni är i trygga händer. Ni kommer snart att vara på benen igen. Snälla, försök stå ut med smärtan när jag tvättar ers höghets sår."

Hon visste vem han var. Han såg sig snabbt om i rummet. Nej, han var inte i sitt palats. Det var ett fint rum, med vackra väggbeklädnader i olika vackra färger med detaljrika broderier och vackra trämöbler med svåra snickerier. Han låg själv i en fin säng med vita sidensängkläder broderade med stora vackra blommor. Ja, han var i ett fint rum. Men på långa vägar inte så stort och ståtligt som hans eget sovrum i palatset eller något av de andra rummen i hans del av palatset. Så var befann han sig? Han vände återigen blicken på kvinnan framför honom. Han kunde inte låta bli att grimasera när hon fortsatte att tvätta hans sår. Men han gjorde som hon sa. Han bet ihop och gjorde sitt bästa för att inte skrika rakt ut.

Han betraktade stilla kvinnan och kom fram till att hon nog bakom skynket, som dolde hälften av hennes ansikte, såg ganska bra ut. Huden han såg var alabaster-ljus och felfri. Munnen var vackert formad och hade en inbjudande rosa färg. Näsan var knappformad och passade perfekt i kvinnans ansikte, den var varken för stor eller för liten. Hans blick svepte upp till kvinnans hår. Det var tjockt och blänkande svart. Just nu var det arrangerat högt på huvudet i en stor knut. Arrangemanget saknade både blommor och eleganta smycken.

Aha, hon är en tjänare, var hans första tanke. Men vems tjänare? Han kunde återigen inte låta bli att undra var han befann sig. Alla hans kvinnliga tjänare hade, oavsett rang, någon sorts blomma i håret. Hans blick fortsatte neråt. Kvinnan bar en enkel klänning i en tråkig beige färg med mintgrön krage, och mintgrön mudd på armarna. Definitivt en tjänare, kom han fram till. Han såg återigen upp. Han försökte se igenom tygskynket, se hennes ögonform och färg, men kunde inte. Trots smärtan och febern kände han en överväldigande nyfikenhet. Han sträckte sakta upp armen för att dra undan tygstycket. Kvinnan ryggade genast tillbaka och skakade på huvudet. Hon tog tag i hans utsträckta hand med sin och förde sakta tillbaka armen ner mot madrassen. Cheng-Gong skulle ha protesterat om han hade energi till det. Men som det var nu, var all hans energi helt slut och Cheng-Gong somnade på nytt. Han reagerade inte ens när dr Heng Fei kom in i rummet eller när dr Heng Fei och Lixue hjälptes åt att lägga en ört-påse över hans sår och linda in det med bandage. Så trött var han.

*

"Vem är han?", undrade Li Na nyfiket. Hon hade haffat Lixue så fort Lixue stigit ur rummet. Hon drog nu ivrigt i tyget på Lixues kläder och såg med glittrande ögon på Lixue. "Är det sant att det är Kejsaren?"

Lixue spärrade upp ögonen och skyndade sig att lägga en hand över Li Nas mun.

"Sch" sa hon och tog bort sin hand. "Kom fröken", viskade hon och drog med Li Na mot Li Nas rum. Väl inne i rummet, med dörrarna stängda och efter att hon försäkrat sig om att ingen stod och tjuvlyssnade utanför, frågade Lixue viskandes var Li Na hört att främlingen i själva verket var Kejsaren.

"Jag tjuvlyssnade när du och pappa pratade", förklarade Li Na skamset. När hon såg Lixues panikslagna blick skyndade hon sig att försäkra: "Oroa dig inte. Jag skickade iväg alla tjänarna. Det var bara jag som hörde."

Lixue suckade lättad. Hon sänkte axlarna nu medveten om att hon spänt sig.

"Så det är sant?", fortsatte Li Na ivrigt att viska.

Lixue skulle aldrig ljuga för sin fröken. Det fanns ingen hon var så lojal mot som henne. Inte ens mot dr Heng Fei, mannen som försörjde henne och betalade hennes lön var hon lika lojal mot. Hon log nu mot Li Na och nickade.

"Ja, jag tror att mannen är Kejsaren. Hans klädnad tydde på det. Men det här är något vi absolut måste hålla hemligt. Mannen är sårad och det tyder på att han har fiender. Hans fiender kanske är efter honom just som vi nu talar. Skulle de få reda på var Kejsaren är riskerar hela hushållet att bli dödade. Förstår du?"

Li Na nickade förstående. "Jag lovar att hålla det hemligt" sa hon. Li Nas ögon började glittra. "Hur såg han ut Kejsaren? Var han snygg?"

Lixue kunde inte låta bli att le. Det var typiskt den naiva och romantiska Li Na att fråga något sådant. Lixue tänkte efter. Var Kejsaren snygg? För ett ögonblick fladdrade minnet av hans muskulösa kropp till på näthinnan. Hon gjorde sitt bästa för att inte le. Det var inte som om hon inte sett en naken man förut... gissade hon i alla fall. Hon tänkte på hans nedre region och hur annorlunda han var gentemot henne och hur det inte förvånat henne. Nej, hon hade definitivt sett en naken man förut, tänkte hon.

"Nå?!" undrade Li Na lite högre. Lixue skyndade sig att hyscha henne. Trots att hon redan försäkrat sig om att ingen lyssnade, kunde man aldrig vara nog säker. Det var av största vikt att främlingens identitet hölls absolut hemlig.

"Nå?" viskade nu Li Na.

"Han såg bra ut", kom det stelt ifrån Lixue.

"Okej, hur bra?" fortsatte Li Na att fråga.

Lixue kände sig bevärad. Det passade sig inte att prata om Kejsaren så där. Det passade inte att prata om någon man sådär. Det var inte fint. Men eftersom de var ensamma och det inte fanns någon i landet som Lixue höll av mer än Li Na, svarade hon ändå på hennes fråga. Hon log mot henne.

"Han såg väldigt bra ut. Han såg just så bra ut som en Kejsare borde se ut" viskade Lixue och kunde inte låta bli att rodna lätt.

Li Na försökte hålla tillbaka ett stort leende, men lyckades inte. Hennes söta lilla hjärtformade mun sprack upp i ett brett leende.

"Jag vill se honom", sa hon och hennes ögon glittrade på nytt.

Innan Lixue visste ordet av hade hon vänt om och små sprungit mot dörren. Lixue förstod vart hon var på väg och följde efter. Lixue undrade om hon borde hindra henne, men visste samtidigt att ett möte mellan Kejsaren och Li Na var oundvikligt. Om hon inte träffade honom nu skulle hon i alla fall göra allt i sin makt för att träffa honom sen. Hon skulle tjata, böna och be Lixue om att hjälpa henne att se honom. Lixue skulle klara det, klara det ända tills Li Na började gråta. Då skulle Lixue genast ge med sig och i slutändan skulle hon själv hjälpa Li Na att se Kejsaren. Nej, det var lika bra att hon såg honom nu.

*

Li Na hade sett många snygga pojkar i sina dagar och varit kär många, många gånger. Första gången hade varit när hon var elva år. Han hade hetat Ming Bai, varit fjorton år och just börjat arbeta för dem. Ända sedan dess hade hon förälskat sig i pojkar titt som tätt. Det var därför inte konstigt att Li Na blev förälskad så fort hon såg Cheng-Gong. Men han var olik alla andra pojkar hon tidigare varit kär i. De hade bara varit pojkar medan Cheng-Gong var en man och verkligen hade en manskropp. Det var därför inte konstigt att Li Na kände en annorlunda kärlek än den hon annars brukade känna. För första gången i Li Nas liv kände hon attraktion och passion. Det var för henne ovanliga, men inte ovälkommande känslor. Hon satte sig på en stol bredvid Cheng-Gongs säng och betraktade Cheng-Gong med intensiva ögon. Hennes hjärta slog tre dubbla slag och hon kände sig tvungen att lägga en hand på sitt bröst för att stilla det.

"Lixue", började hon.

Lixue stod tyst bredvid och betraktade sin fröken med stilla ögon. Hon kände sin fröken väldigt bra vid det här laget och kunde ofta se på Li Na vad som rörde sig i hennes huvud. Nu var inget undantag. Hon förstod precis vad Li Na kände och det bekymrade henne. Ändå fortsatte Lixue vara tyst och väntade på att Li Na själv skulle säga det.

"Lixue, jag är kär", fortsatte hon. Hon slet blicken från den avsvimmade Cheng-Gong och såg nu på Lixue. "Men det känns inte som det brukar göra." Hon såg Lixue med förvirrade ögon. Handen låg fortfarande över bröstet och försökte lugna hennes vilda hjärta. "Det känns så mycket, mycket mer", fortsatte hon. "Inte bara här", hon pekade på sitt hjärta. "Utan också här", fortsatte hon och lade en hand nedanför naveln. "Lixue, vad är det som händer med mig?"

Trots att Li Na snart skulle fylla arton år visste hon inte mycket om dynamiken mellan en man och en kvinna. Li Nas mamma Fen Fei hade aldrig förklarat för henne hur barn blir till och det hade ingen annan heller, inklusive Lixue. Li Na trodde att barn blev till bara genom att kyssas och både Fen Fei och Lixue hade fortsatt låta henne tro det. Lixue visste inte om det var dags för henne att berätta för Li Na om blommor och bin.

Lixue kunde inte låta bli att undra hur det kom sig att hon själv visste hur det gick till. Var hon kanske gift? Hade hon kanske en make någonstans ute i världen som väntade på henne? Om det nu var så verkade han inte vara någon hon saknade särskilt mycket. Eller ens alls.

Lixue bestämde sig för att ta "snacket" med Li Na. Hon tog med henne tillbaka till hennes sovrum och förklarade just vad det var för annorlunda känslor hon kände och varför hon kände dem.

Li Na såg halvt fascinerat, halvt äcklat på Lixue. "Så min kropp vill ha barn med Kejsaren?"

Nja, tänkte Lixue. Så var det kanske inte riktigt. Men Li Na kunde väl få tro det. I alla fall tills vidare. Tills hon var lite mognare. Hon log därför uppmuntrande mot henne och nickade.

"Men då måste jag bli kejsarinna", tänkte Li Na högt. "Annars kan vi ju inte få barn", fortsatte hon.

Återigen valde Lixue att inte protestera. Hon kunde påpeka att det räckte med att vara Kejsarens konkubin för att föda hans barn, men eftersom hon inte önskade en sådan framtid för sin fröken valde hon att hålla tyst.

Li Na överraskade Lixue med att ta hennes händer i sina. Hon såg bedjande på Lixue. "Lixue, snälla hjälp mig att bli Kejsarens brud."

Chocken fick Lixue att börja hosta. Visst för att Lixue kunde göra allt för sin fröken, men om hon kunde göra det, visste hon inte. Hon tvekade. Li Na såg det och tryckte hennes händer hårdare.

"Snälla", viskade hon. Ögonen började fyllas med tårar och Lixue smälte.

"Jag ska göra så gott jag kan", log Lixue mot Li Na och tryckte hennes händer tillbaka.

*

Kapitel 4

Den trettonde brudkandidaten

Under de tre dagar som följde vaknade Cheng-Gong till då och då och fick lite soppa att dricka. Det var inte längre samma kvinna som tidigare som skötte om honom. Den här kvinnan hade inget halvt genomskinligt skynke för ögonen. Det var en annan kvinna. Den här kvinnan var dessutom betydligt vackrare. Hon var en av de vackraste kvinnor han någonsin sett. Men han visste inte om det var febern som bara spelade honom ett spratt. Kvinnan hade ljus persikolen hud. Ansiktet var felfritt och kinderna hade en hälsosam rodnad. Hennes ögon var smala och mandelformade. Dess färg var mörkbrun, nästan svart. Och dessa ögon såg nu glittrande på honom. Hans blick fortsatte till näsan. Det var en välformad näsa, något större än den förra kvinnans, men långt ifrån för stor. Huvudet var lätt u-format och linjerna mjuka. Hennes hår var mörkt, nästan svart och halvt uppsatt i en vacker frisyr med en lång hårman hängande längs nacke och rygg. På var sida om hennes huvud satt en vit lilja. Han tyckte att hon såg ut som något övernaturligt väsen, som en gudinna eller ängel. När hon såg hans blick formades hennes lilla hjärtformade mun till ett leende. Fina tänder, tänkte han i förbifarten. En tanke flög förbi. Han skulle inte ha något emot att ha henne i sitt harem.

"Var hälsad, ers höghet. Mitt namn är Li Na Fei och jag är dotter till dr Heng Fei", sa kvinnan med ljus klar röst.

Li Na Fei, hennes namn var på hans läppar när han återigen somnade.

*

Febern gick sakta ner och när Cheng-Gong vaknade tre dagar senare kände han sig riktigt pigg. Han satte sig mödosamt upp och fick se mannen han lärt känna som dr Heng Fei sitta på en stol bredvid hans säng. Han harklade sig högt och genast hoppade dr Heng Fei till i stolen och öppnade snabbt ögonen. Han vände sin blick mot Cheng-Gong, reste sig snabbt som ögat och skyndade sig att buga djupt.

"Ers höghet kan inte ana vilken glädje det är för mig att se er vaken och alert", kom det översvallande från dr Heng Fei.

Cheng-Gong visade med en gest att dr Heng Fei kunde resa sig. Dr Heng Fei skyndade sig att resa sig och frågade sedan Kejsaren om lov att undersöka honom och ta hans puls. Cheng-Gong gav honom sin tillåtelse. Under tiden dr Heng Fei undersökte honom och tog hans puls letade Cheng-Gong efter hans dotter Li Na Fei. Det var första gången han inte såg henne i närheten när helst han vaknade. Däremot såg han den andra kvinnan, hon med ett halvt genomskinligt skynke över panna och ögon. Han hade fått veta att hennes namn var Lixue och att hon var Li Nas personliga tjänarinna, men att hon också hjälpte dr Heng Fei. Man hade berättat att hon fått kokande vatten över sin panna och ena öga som liten och fått ett stort ohyggligt ärr och dålig syn. Det var därför hon bar ett skynke framför pannan och ögonen. Han kunde tänka sig hur ärret måste se ut för att man tagit beslutet att dölja hela övre halvan av hennes ansikte. Det måste vara ohyggligt! tänkte han och rös. Men den delen av ansiktet som inte var täckt var verkligen inbjudande att se på. Ett sådant slöseri, kunde han inte låta bli att tänka. Kvinnor var över huvud taget inte mycket att ha till sällskap, och var man tvungen att umgås med dem kunde de åtminstone vara vackra att se på, tyckte Cheng-Gong. Ja, det var verkligen synd.

Det var den mystiska auran som omgav henne som till en början fångat han uppmärksamhet. Som gjort att han varit nyfiken på henne. Men nu när han visste sanningen om henne hade mystiken försvunnit. Han behövde inte längre ägna henne någon uppmärksamhet. Dessutom var hon bara en tjänare.

Nu visste han hela sanningen om henne. Han visste också att han måste belöna henne. Dr Heng Fei hade berättat att det var hon som hittat honom i grottan och tagit honom till dr Heng Fei. Och om det inte vore för henne så skulle han vara död. Han skulle belöna både dr Heng Fei och Lixue så fort han kom tillbaka till palatset.

Dr Heng Fei var ingen dum man. Eftersom han inte visste om Cheng-Gong hade fiender inom palatsets murar hade han väntat med att skicka bud till palatset tills Kejsare Cheng-Gong vaknat. Nu när Kejsare Cheng-Gong vaknat frågade han honom vem han skulle skicka bud till. Kejsare Cheng-Gong gav honom då namnet på Tao Tai, en av hans nära vänner och förtrogna. Tao Tai skulle genast hämta honom och det utan att någon annan fick reda på det. Dr Heng Fei gjorde som Kejsare Cheng-Gong ville.

*

Fem dagar senare kom Tao Tai tillsammans med många vakter och tjänare. Innan Cheng-Gong klev in i vagnen berättade han att Heng Fei skulle bli belönad med tre hundra guldmynt, femtio silvermynt, två jadehalsband och två guldhalsband. Han frågade också om det var något annat dr Heng Fei önskade sig.

Dr Heng Fei behövde inte tänka länge. Han visste att hans dotter förälskat sig i Kejsaren. Kejsaren hade också berättat att hans rådgivare ville att han skulle gifta sig. Att tolv av landets rika och förnäma familjer skulle skicka en av sina döttrar till palatset, för att de där skulle genomgå en rad tester eller prov, för att utröna vem som var värdig nog att bli Kejsare Cheng-Gongs hustru, och därmed också landets Kejsarinna. Eftersom dr Heng Fei älskade sin dotter mer än något annat, sa han att han inte behövde något guld, silver, jade eller guldhalsband. Han önskade istället att hans dotter Li Na Fei skulle bli den trettonde brudkandidaten. Även om Cheng-Gong varken kände någon kärlek eller dylika känslor för Li Na kunde han inte förneka hennes uppenbara skönhet. Eftersom han heller inte trodde chansen var så stor att lilla Li Na Fei skulle klara alla testerna och bli den som i slutändan fick bli kejsarinna - sa han ja till dr Heng Feis förslag. Han sparade därmed också mycket guld och silver. Han hade heller inte glömt tjänarinnan Lixue och belönade henne med fem guldmynt.

*

Kapitel 5

Första provet

Resan till palatset tog två och en halv dag. Det hade gått lite mer än en månad sedan Kejsare Cheng-Gong varit i Fei-residenset och Li Na saknade honom väldigt mycket. Hon hade saknat honom så mycket att hennes aptit blivit lidande. Det hade orsakat Lixue stor oro och hon hade varje måltid fått truga sin fröken att äta. Nu var de i alla fall framme och Li Nas lycka visste inga gränser.

Kejsaren hade tidigare sänt bud till familjen Fei och befallt dem att Li Na bara skulle ha turkosa kläder. Budet hade berättat att alla brudkandidaterna fått en färg och att Li Nas färg var turkos. Dr Heng Fei hade genast låtit tillverka ett stort urval klänningar, alla i samma turkosa nyans.

Li Na bar nu en av dem kläderna när hon mötte alla andra brudkandidaterna. Alla brudkandidaterna kom från olika delar av landet och alla från långt finare familjer än den Li Na kom ifrån. Alla hade också blivit tilldelad varsin färg.

1) Shu Lan Wei - scharlakans röd
2) Schun Hui - violett
3) Huang Chao - apelsinorange
4) Bo Jing - indigoblå
5) Jingyi Tu - safirblå
6) Su An Fang - olivgrön

7) Ai Yang - baby rosa

8) Yawen Zedong - ägggulegul

9) Xinyi Zhihao - mintgrön

10) Juan Kun - cerise rosa

11) Jia Da - vinröd

12) Chen Ya - plommonlila

Och...

13) Li Na Fei - Turkos

Alla hade fått varsitt rum. Rummen var vackert dekorerade och låg antingen bredvid eller mittemot varandra. Det gick en lång korridor mellan rummen. Sex rum på ena sidan och sju på andra. Varje rum var dekorerat i den färg brudkandidaten blivit tilldelad. Det betydde att Li Nas rum hade turkosa textilier, kuddar och mattor. Hundratals sömmerskor hade fått i uppdrag att tillverka alla textilier under den månad som gått. Det lades ner mycket pengar på brudkandidaterna, både vad gällde inredning och mat.

Det var vid första lunchen och informationsmötet som Li Na och Lixue mötte de andra brudkandidaterna. Varje kandidat satt längs ett avlångt bord med respektive tjänarinna bakom sig. Bakom Li Na stod Lixue. Varje brudkandidat hade bara fått tillåtelse att ta med sig en tjänarinna. Resten av tjänarna skulle bemannas av palatsets egna tjänare.

Chefen för eunuckerna hade fått i uppdrag att ta hand om brudkandidaterna. Hans namn var Guanting Song och han var en mycket falsk och inställsam man, som värdesatte pengar och status framför personlighet. Det var han, som hade i uppdrag att hålla reda på all brudkandidaterna och se till så att alla proven gick rättvist till, utfördes rätt och att alla reglerna följdes. Under tiden alla brudkandidaterna åt lunch gick han igenom reglerna. Han berättade bland annat att man inte fick fuska, skada eller förstöra för någon annan, för då blev man diskvalificerad och fick åka hem. Man var också tvungen att utföra proven under den tid som blev avsatt till varje prov. Höll man sig inte inom tiden blev man också diskvalificerad och fick åka hem. Det samma gällde om man uppförde sig oanständigt åt på något sätt, vare sig det gällde mot det motsatta könet eller man på annat sätt uppförde sig oanständigt åt. Det var heller inte tillåtet att försöka muta någon av domarna. Domarna var alltid de samma och bestod av Kejsare Cheng-Gong, översteeunucken Yun Xia, moderkejsarinnan Ning Rom och Kejsarens nära vän Tao Tai.

Yun Xia berättade att det första provet skulle vara om fjorton dagar och att provet gick ut på att laga en måltid till Kejsaren. Måltiden skulle bestå av ris och sju sidorätter. Brudkandidaterna var själva tvungna att laga måltiden och fick inte leja bort uppgiften. Men de fick ta emot hjälp från sin tjänarinna. Den som kunde laga godast mat skulle sen vinna första provet och den som lagade minst god mat av alla skulle få åka hem. Detta var det första provet av sammanlagt sex prov, berättade han vidare.

Li Na och Lixue lyssnade uppmärksamt på alla instruktioner. Lixue hade redan börjat göra upp planer i sitt huvud. Hon visste att Kejsaren älskade apelsinmarinerad anka. Men det visste alla andra också. Det vore bättre om de gjorde något han aldrig ätit förut. Om det var något som Lixue var expert på så var det annorlunda och ovanliga saker. Hon kände till flera rätter som var väldigt goda, men som hon inte trodde att Kejsaren prövat förut.

Följande två veckor gick åt att planera måltiden. Li Na var orolig och undrade vad hon skulle laga. Hon föreslog apelsinmarinerad anka eftersom det var Kejsarens favorit, men Lixue avrådde henne till det. Hon förklarade att även om Li Na var ganska duktig på att laga mat var det inget hon egentligen tyckte om. Det fanns säkert dem av brudkandidaterna som älskade att laga mat och därför skulle vara långt bättre på det. Även om Lixue inte var dålig på att laga mat, så var hon ändå sämre än Li Na. Det vore istället bättre om de överraskade Kejsaren med att laga goda rätter, som han aldrig ätit förut. Lixue hade också några förslag. Hon kallade rätterna för; Margarita pizza, hamburgare, skaldjurs paella, maki sushi, lasagne, marinerade grillspett och vanligt fluffigt ris. En salig blandning av ovanliga rätter. Varav samtliga, förutom riset, var rätter Li Na aldrig hört talas om och därför undrade om de verkligen var goda? Men hon litade på Lixue. Hon visste att Lixue inte skulle komma med ett förslag som hon själv inte trodde på.

Under dessa två veckor skrev Lixue ner och förfinade recepten. Lixue och Li Na gav en eunuck en beställning med ingredienser. Han skakade på huvudet när han såg deras lista, men gjorde som de sa. Det mesta var de tvungna att göra samma dag, men vissa saker kunde de förbereda. Som till exempel mozzarellaosten som de gjorde på mjölk, bakterier och löpe, den skulle de ha på pizzan. Lasagneplattorna till lasagnen kunde också göras i förväg och det kunde även Maki sushin göras, men det sistnämnda inte tidigare än dagen innan, under förutsättning att den förvarades kyld förstås. Resten var Li Na och Lixue tvungna att tillaga samma dag.

Li Na hade fått en tid då maten skulle vara klar, men hade ingen tidsgräns för hur lång tid själva matlagningen fick ta. Varje måltid skulle serveras med en timmes mellanrum, från klockan sju på morgonen till klockan sju på kvällen. Li Na hade fått att hon skulle servera sin mat sist, dvs. klockan sju och hade därför förberett en passande, men ovanlig kvällsmåltid.

*

Kejsare Cheng-Gong, moderkejsarinnan Ning Rong, Tao Tai och chefseunucken Yun Xia såg väldigt fundersamma ut när de såg den konstiga maten som ställdes framför dem. Det var en salig blandning rätter, olika något de någonsin tidigare sett. De såg med spänd förväntan när munskänken smakade av maträtt efter maträtt. De hade till en början sett hans tvekan, sett hur tvekan gick över i förundran när han tugga efter tugga sprack upp i ett bredare och bredare leende.

Li Na uppmuntrade domarna att dricka vatten mellan varje rätt för att neutralisera smaklökarna. Cheng-Gong hade aldrig hört det uttrycket förut och visste därför inte vad det var, men det var inget han sa. Som tur var hade chefseunucken Yun Xia inga problem med att fråga det och fick så en tillfredställande förklaring.

Cheng-Gong var lättad över att han inte fått ytterligare en apelsinmarinerad anka. Han hade ätit nog med apelsinmarinerad anka för att det skulle räcka i månader framöver. Dofterna från maten fick det att vattnas i munnen på Cheng-Gong och resten av domarna, och det var med stor förväntan som Cheng-Gong stoppade in en makirulle i munnen. Makirullen bestod av torkat sjögräs med ris, krabba, paprika, avokado och gurka. Efter det drack de vatten och fortsatte sen med pizzan. Det var ett runt, platt bröd med tomatsås, mozzarella och basilika, sen vatten, och sen vidare till lasagnen, paellan, de marinerade grillspetten osv. Till alla rätter serverades det fluffigaste riset du kan tänka dig. Det var så att riskornen flög om du blåste på dem.

Ingen av domarna hade ätit något liknande förut. Det var goda, spännande och fascinerande smaker. Cheng-Gong fick till och med två nya favoriträtter i form av pizzan och hamburgaren. Cheng-Gong, tyckte att Li Na skulle vinna med sin nytänkande och revolutionerande måltid. Medan moderkejsarinnan Ning Rong och Tao Tai tyckte att en brudkandidat vid namn Schun Hui skulle vinna för att hon gjort både hälsosam och näringsriktig mat, som dessutom var vacker att se på. Chefseunuck Yun Xia var ytterligare av en annan åsikt. Han tyckte att Shu Lan Wei skulle vinna. Shu Lan var general Wu Weis äldsta dotter. Ja, om Yun Xia fått välja skulle Shu Lan redan blivit Cheng-Gongs brud. Och det utan att hon var tvungen att vinna några prov innan.

Cheng-Gong delade verkligen inte Yun Xias åsikt. Shu Lan var förvisso väldigt vacker, men han var rädd för att hennes far general Wu Weis makt skulle bli för stor om hans dotter delade Cheng-Gongs tron. General Wu Wei var redan som det var, en väldigt mäktig man och nära bundsförvant med Cheng-Gongs bror Prins Kuen. Skulle han få mer makt kunde han bli för kaxig. Det var redan så att han försökte manipulera och styra och ställa över Cheng-Gong.

Eftersom Schun Hui fick flest röster blev hon den första vinnaren och kunde därmed inte åka ut i nästa prov. Precis som det måste finnas en vinnare, så måste det finnas någon förlorare också. Den första som fick åka hem var Huang Chao, dotter till Ming Chao, en rik affärsman.

Även om Li Na inte kände Huang Chao tyckte hon ändå att det var sorgligt att hon fick åka hem. Under de två veckor som gått hade inte Li Na fått någon kontakt med de andra tjejerna. De hade i själva verket behandlat henne som luft. Alla utom Huang Chao, som även om hon inte vågat gå fram och prata med Li Na, ändå då och då vågat ge henne ett leende. Men nu skulle Huang Chao få åka hem och LI Na skulle vara ensam med elva andra brudkandidater, som inte alls tyckte om henne. Ensam och ensam, hon hade ju Lixue. Tack och lov för Lixue. Hon visste inte hur hon hade klarat det utan henne.

*

Kapitel 6

Middag med Kejsaren

Det hade gått tre dagar sedan första provet och Li Na var fortfarande lika utfryst. Lixue visste inte hur hon skulle hjälpa henne, hon fick ju själv samma behandling av de andra tjänarinnorna. Men Lixue var både självständig och uthållig och brydde sig därför inte så mycket om det. Men Li Na var inte likadan. Hon var skörare och i större behov av sällskap. Lixue var glad över att hon fått följa med sin fröken. Hon visste inte hur Li Na skulle ha klarat sig annars. Med tanke på nivån Li Nas matlagning var frågan om hon ens skulle klarat första provet om det inte varit för Lixues nya revolutionerade mat. Lixue hade lovat sin fröken att hon skulle göra allt i sin makt för att Li Na skulle kunna gifta sig med Kejsaren, och det löftet tänkte hon hålla. Fram till dess behövde Li Na bara stå ut, stå ut med alla elaka blickar och spydiga kommentarer som sades bakom hennes rygg.

De andra brudkandidaternas beteende började störa Lixue mer och mer. Brudkandidaterna åt alltid lunch tillsammans. Men sedan den första lunchen då Li Na hade fått maskar i sitt ris hade Lixue numera stenkoll på Li Nas mat.

Lixue visste inte vad hon fått det ifrån, men hon var oerhört begåvad med kniv. Hon behärskade också flera kampsporter och gjorde volter som en gymnast. Lixue kunde dessutom göra vad som helst för sin fröken. Det innebar bland annat att skrämma chefen för kökspersonalen. Samma natt, den andra natten efter att Li Na och Lixue kommit till palatset - hade Lixue klätt upp sig i svart, så att nästan varje cm på hennes kropp var täckt i svart, med undantag för ögonen, och besökt chefen för kökspersonalen, en viss Gao Ling. Lixue gissade att på natten skulle det vara så mörkt att ingen skulle kunna se att hennes ögon var blåa och inte bruna. Lixue hade så tagit sig in i det lilla huset där Guo Ling sov och hållit en kniv mot hennes strupe. Hon hade förställt rösten och viskat att hon var rättvisans beskyddare, och att hon sett vad Guo Lings personal gjort mot Li Na Fei. Eftersom Guo Ling var chef för kökspersonalen, var hon därmed också ansvarig för dem, och skulle dagens incident upprepas, skulle Lixue återigen söka upp Guo Ling och denna gång skulle rättvisa verkligen skipas. Guo Ling var inte så dum att hon inte förstod vad det betydde. Lixue sa också att om Guo Ling berättade för någon vad som hänt skulle Lixue också komma tillbaka och ta itu med henne.

Morgonen efter hade Lixue tagit en av kökspersonalen, Hong Jin, åt sidan och gett henne en slant i utbyte mot att Hong Jin var hennes ögon och öron. Hong Jin lovade att informera Lixue om någon kom och försökte muta henne eller hennes kollegor för att mixtra med Li Na eller någon av de andra brudkandidaternas mat. Hong Jin berättade då att Shu Lan Weis tjänarinna, Ru Su varit och besökt Hong Jin och hennes kollega vid ett flertal tillfällen och försökt få dem att mixtra med Li Nas mat. Men det hade hon inte haft något för. Varken Hong Jin eller någon av de andra ur kökspersonalen hade gått med på det. De var för rädda för sin chef Gao Ling. Gao Ling hade nämligen låtit straffa var och en ur kökspersonalen med tjugofem piskrapp efter förra incidenten. Ända sedan dess hade hon dessutom stenkoll på var och en av personalen. Inget hade undgått hennes uppmärksamhet. Hon hade då också lagt märke till att några ur personalen gjort det till en vana att lägga undan mer än vad de fick till sig själva, och det hade hon självklart också tagit itu med. Nej, ingen hade längre möjlighet att mixtra med maten.

Det var ett under att Gao Ling ännu inte kommit på att Hong Jin ibland sent på kvällarna smugit ut och mött Lixue för att berätta för henne om sådant hon trodde var viktigt. Det var inte alltid informationen var viktig, men Lixue valde ändå att fortsatta träffa Hong Jin och ge henne en slant varje gång. Dels för att hon tänkte att kontakten kunde vara bra att ha i framtiden och dels för att Hong Jin väldigt gärna ville ha pengar. Hon sparade inför sitt bröllop. Hon skulle nämligen snart lämna palatset, det i och med att hon fyllde tjugofem och inte längre fick ha sin tjänst kvar. Men hon var inte ledsen för det. Tvärtom. Det fanns en pojke i staden som hon var kär i. De hade varit kära i varandra ända sedan hon började sin tjänst som sextonåring. Han hade då lovat att vänta på henne tills hon fyllde tjugofem och snart skulle hon också göra det. Hon tänkte använda pengarna hon tjänade till bröllopet och hennes fortsatta liv som gift. Hon önskade ge sina framtida barn ett bättre liv än det hon själv haft. Lixue beundrade henne för det och gav henne gärna en extra slant.

Även om matsituationen var under kontroll, var det inte mycket Lixue kunde göra för att skydda sin fröken mot alla elaka blickar. Hon visste heller inte vad hon skulle göra åt alla elaka kommentarer och antydningar som yttrades bakom Li Nas rygg. Som tidigare nämnts var det inte bara Li Na som fick utstå detta, utan även hon själv. Men som också nämnts tidigare var Lixue och Li Na väldigt olika. Lixue var nu tvungen att bestämma sig för om hon skulle fortsätta låta allt ske och bara fortsatta att uppmuntra och trösta Li Na bäst hon kunde. Eller om hon skulle gå till motattack. Det måste göras i hemlighet förstås och utan att några bevis kunde ledas till Lixue eller Li Na, för då kunde de riskera att bli utkastade.

*

Denna kväll hade alla brudkandidaterna blivit inbjudna att äta middag tillsammans med Kejsaren. Schun Hui, vinnare av den första tävlingen skulle få äran at sitta närmast Kejsaren. Shu Lan Weis som kommit tvåa i tävlingen efter henne och efter det fick Li Na som kommit trea sitta.

Frågan var skulle Lixue våga hämnas på Shu Lan Wei och de andra mitt framför näsan på Kejsare Cheng-Gong Ju? Hela hennes väsen skrek att hon vågade, men hennes förnuft sa åt henne att låta bli. Även om hon själv inte var rädd för att bli straffad, om någon kom på henne, var hon i alla fall orolig för Li Nas skull. Hon bestämde sig för att bida sin tid och planera det hela mycket väl.

Kvällen hade inletts med att Kejsaren och moderkejsarinnan kommit något senare än alla andra. Innan Kejsaren och Moderkejsarinnan kommit var det ingen som satt sig ner. De stod alla och väntade och det var inte förrän Kejsaren satt sig och gett tillåtelse till alla andra att sätta sig ner som Li Na och de andra brudkandidaterna gjorde det.

Kejsarens plats var längst fram i salen. Han satt på en två dm hög trästol klädd i skinn. På hans vänstra sida satt hans mor Ning Rong och hans högra sida var tom. Den platsen var reserverad till hans framtida Kejsarinna. Framför Kejsaren och moderkejsarinnan stod ett smalt rektangulärt träbord. Bordet var fyllt med en massa små skålar med mat, tillbringare med te och vin och muggar och koppar i olika storlekar. Längre ner i salen, ca tre meter ifrån Kejsaren, satt var och en av brudkandidaterna vid sitt eget lilla bord. De satt i den ordningen som tidigare nämnts. På varje bord fanns det olika skålar med mat, och tillbringare med dryck, men i ett mindre utbud än det Kejsaren och moderkejsarinnan fått.

Bakom varje brudkandidat stod dennes personliga tjänarinna. Lixue stod bakom Li Na. Hon stod bara någon meter ifrån, redo att komma till undsättning om Li Na skulle behöva hjälp.

Kejsaren började med att fråga hur alla brudkandidater haft det. Om de trivdes med sina rum och med betjäningen. I kör bugade alla och tackade Kejsaren för hans generositet. Kejsaren nickade uppskattande och manade på alla att äta, "ät och njut", var hans ord.

Middagen fortsatte utan problem. Men Lixue var på helspänn. Hon tänkte inte slappna av förrän Li Na och hon befann sig ensamma på sitt rum igen och kanske inte ens då. Som tur var krävde inte Lixue särskilt mycket sömn och kunde därför för det mesta hålla ett vakande öga över sin fröken.

Lixue fortsatte att uppmärksamt ta in hela rummet. Hon visste precis vad alla brudkandidaterna gjorde, vad deras tjänarinnor gjorde och vad resten av tjänarinnorna och eunucken i rummen gjorde. Hon lade märke till att Schun Huis tjänare Lei Lei gick för att fylla på sin frökens tekanna och undrade stilla om hon snart inte borde göra likadant? Vem skulle då skydda hennes fröken om inte Lixue var där? Kunde hon verkligen räkna med att Li Na var säker när Kejsaren var i samma rum.

Efter en kort stund kom Lei Lei tillbaka. I händerna bar hon en gyllene bricka och på brickan stod mycket riktigt tekannan, fylld med nybryggt kokande te. Lixue skulle just vända bort blicken och se på något intressantare när hennes blick i sista sekund fastnade på Lei Leis ögon. De lyste av elakhet och onda planer. Dessa ögon var just nu riktade mot endast en person. Och den personen var Li Na. Lixue gjorde sitt bästa för att det inte skulle synas att hela hennes uppmärksamhet var riktad mot Lei Lei. Lixue såg hur Lei Leis blick vändes bort från Li Na och riktades mot fröken Schun Hui. Hon såg hur Schun Hui nickade lätt mot Lei Lei innan hon stoppade en kycklingbit i munnen. Lixue vände då blicken och såg att hon nickade lätt tillbaka. Lixue tog automatiskt något steg närmare sin fröken. Hon såg på Lei Lei som återigen såg på Li Na, även om hon gjorde sitt bästa för att dölja det, och sen på tekannan. Lixue lade ihop två och två. Följande sekunder kändes som de gick i slow motion. Lei Lei låtsades snubbla på en mattkant. Lixue reagerade blixtsnabbt. Hon kastade sig ner på knä framför Li Na och lade armarna om henne. Det kokande tevattnet träffade hennes rygg med ett väldigt plask. All konversation i rummet dog genast och alla såg på skådespelet som utspelades framför dem.

Lixue gjorde en grimas när tevattnet träffade hennes rygg. Lei Lei föll genast på knä, höjde händerna mot taket och bad gång på gång om förlåtelse. Lixue släppte Li Na och vände sig om. Framför henne flämtade Li Na bekymrat hennes namn.

Lixue kände sig arg. Men hon gjorde sitt bästa för att inte visa det. Klart att det varit Schun Huis tjänare som råkat spilla teet. Schun Hui hade ju vunnit första tävlingen och kunde därmed inte åka ut. Hon skulle slippa straff, men det skulle inte hennes tjänarinna Lei Lei. Men det hade hon inte haft några problem med.

"Det är ingen fara", viskade Lixue tröstande mot sin fröken. "Jag mår bra", fortsatte hon.

Lixue ljög givetvis. Hon mådde inte alls bra. Men det ville hon verkligen inte att Li Na skulle veta. Hon skulle bara oroa sig massor. Lixue ville inte att Li Na skulle oroa sig för henne. Hon hade nog med saker att oroa sig för ändå. Lixue ville vara ett stöd för henne och en avlastning, inte en börda.

Kejsare Cheng-Gong reste sig häftigt från golvet. Han var irriterad och bekymrad. En så klumpig tjänare, tänkte han. Han såg på Lixue, Li Na Feis tjänare. Det var hon som räddat honom för en och en halv månad sedan. Han såg på hennes droppande rygg. Han förstod att hon måste ha mycket ont även om hon bar sin smärta väl. Hon varken grät högt eller gnällde irriterande. Han var imponerad. Men i magen gnagde en bekymrad klump. Vad var det? Det måste vara skuld, kom han fram till. Skuld över att någon som räddat hans liv blev behandlad så illa. Han kände att han måste gottgöra henne. Därför var kanske straffet mycket hårdare än vad det annars skulle varit om en tjänare råkade göra illa en annan tjänare.

"Sjuttio piskrapp!" blev hans dom.

Cheng-Gong visste mycket väl att sjuttio piskrapp kunde döda Schun Huis tjänarinna, men han brydde sig inte. Han misstänkte starkt att Schun Huis tjänarinna snubblat med flit. Han hade visserligen inga bevis, men hans magkänsla talade för det. Han hade också hört att de andra brudkandidaterna inte behandlade Li Na Fei så bra. Han hade dock inte ingripit. Dels för att han inte tyckte att lite tjafs var värd hans uppmärksamhet. Han hade långt viktigare saker att ta hand om, som hela Qingas land och invånare. Dels för att han resonerade att om Li Na mot all förmodan skulle vinna och bli hans kejsarinna, måste hon klara av att hantera andra konkubiner och de intriger som alltid fanns inom palatsets murar. Detta kunde vara bra träning.

Cheng-Gong visade med en gest åt sina vakter att föra bort den klumpiga tjänaren.

Schun Hui och de andra brudkandidaterna, med undantag för Li Na, flämtade högt till av förvåning. De förvånades av det höga straffet. Det var ju bara en tjänare som blivit skadad. Hade det varit Li Na Fei som blivit skadad kunde de förstå det stränga straffet. Men inte när det gällde en simpel tjänarinna som Lixue.

De skulle bara veta, tänkte Cheng-Gong. Om det inte varit för att Schun Hui vunnit den första tävlingen och han var tvungen att visa henne ära, hade han kanske dömt Lei Lei direkt till döden. Men som det var nu hade Li Na kommit undan utan en skråma och den enda skadade var en simpel tjänare.

Lei Lei såg förfärad ut. Inte skulle hon bli så hårt straffad när hon bara råkat skada en tjänare? Hade hon lyckats och Li Na varit den som blivit träffad hade hon inte haft något emot straffet. För sin fröken var hon beredd att gå i döden, men inte för en tjänarinna som hon själv. Lei Lei såg bedjande på sin fröken och ryckte nervöst i hennes klädnad. Hon fick en uppmuntrande nick av Schun Hui. Schun Hui skulle inte låta Lei Lei bli straffad så hårt när offret bara varit en simpel tjänare.

"Men ers höghet", protesterade Schun Hui. "Min tjänarinna har i sanningen gjort fel. Men det var en olycka. Låt inte er vrede flamma upp mot min tjänarinna. Sjuttio piskrapp kan döda henne!"

"Tystnad!" skrek Kejsaren. "Mitt ord är slutgiltigt. För bort slaven och piska henne med sjuttio piskrapp."

Lixue bugade djupt inför Kejsaren. Hon hade fått upprättelse. Men smärtan var olidlig och hon skulle behöva göra något åt brännskadan nu på en gång, annars kunde hon riskera att få ett stort ärr på ryggen.

Även om Lixue inte var fåfäng så ville hon så klart inte bli vanställd.

"Er tjänarinna tackar alla ödmjukast för er barmhärtighet", började Lixue. "Men er tjänarinna behöver gå och se om sitt sår. Har hon er tillåtelse?"

"Gå", sa Cheng-Gong och gjorde en gest mot Lixue att gå.

Lixue bugade på nytt. Hon tryckte sen tröstade sin frökens hand, gav henne ett uppmuntrande leende och lämnade salen.

Det tog emot att lämna Li Na ensam med en flock vargar. Men Li Na och de andra brudkandidaterna hade nu Kejsarens fulla uppmärksamhet. Det var inte troligt att de skulle våga göra något mer ikväll. Att göra det vore lika med att medge att te-olyckan i själva verket inte var en olycka. Lixue kunde därför med gott samvete lämna sin fröken ensam med de andra brudkandidaterna och deras slavinnor. Det var i alla fall vad hon sa sig.

*

Lei Lei överlevde piskrappen, men dog två dagar senare av skadorna.

Kapitel 7

Mardröm?

Lixue kastade sig hit och dit i sömnen. Febern fick hennes kropp att svettas och hennes sinne att brinna. Hon övermannades av konstiga minnesbilder, ljud och lukter. Så bekanta, men ändå så avlägsna. Vad betydde de?

*

Kulorna smattrade sitt öronbedövande ljud. Officer Lie-Jie Ping tog skydd bakom en halvt förfallen mur. Hennes knä blödde ymnigt och likaså hennes mage. Hon hade blivit träffad. Först i knät och därefter i magen. Skulle hon överleva det här? tanken lade sig som en tung slöja över hennes sinne. Hon hade vetat att det fanns en chans att hon inte skulle återvända till Amerika. Det visste hon redan innan hon åkte. Det var en chans hon varit villig att ta. Det senaste året hade hon levt varje dag som om det var den sista. En grupp som från början bestått av tjugo soldater, hade nu bara blivit nio. Lie-Jie var en av de få som fortfarande var kvar. Som dag efter dag, under försvar och under attack hållit ut, kämpat och stridit, allt för att folket i Syrien återigen skulle få smaka frihet.

Men nu hade hon blivit träffad. Hennes medsoldat och kamrat menige Anderson låg död en bit från muren. Han hade inte hunnit fram i tid. Lie-Jie lutade sig tillbaka mot den förvånansvärt kalla stenen bakom henne. Solen stod högt på himlen och vinden hade mojnat. Det var varmt och svetten rann längs Lie-Jies nacke och panna. Lie-Jie satte handen över magsåret och kände blandningen av svett och blod under sina fingrar.

Hon gjorde sitt bästa för att hämta andan och lugna ner sitt bultande hjärta. Men det ville inte lugnas. Adrenalinet forsade genom henne och stressen låg längs med öronen. Hon måste förbinda sina sår. Hon måste ta sig därifrån. Hon måste… Hon måste… Så många måsten. Hur skulle hennes pappa ta det om hon inte kom tillbaka? Hon var den enda han hade kvar. Han hade redan från början inte velat att hon skulle åka. Han hade skrikit, tjatat och bett, men hon hade bestämt sig.

"Det är ditt fel att jag börjat inom det militära", sa hon. "Om det inte vore för att du skickat iväg mig på militärskola när jag var tretton, hade det här aldrig hänt."

När Lie-Jie tänkte tillbaka på det hade hennes ord låtit hårda och anklagande. Men det stämde inte alls överens med hennes känslor. Lie-Jie var, trots att hon nu satt skadad och döende bakom en stenmur i Syrien, ändå tacksam för den utbildning hon fått. Det hade varit en grundlig utbildning, både till kropp och själ. Men hon måste erkänna att hon ibland använde sin utbildning som ett medel att straffa sin pappa på. Straffa honom för att han aldrig varit där när hennes mor dog. För att han slutit sig inom sitt skal och låtit henne själv hantera smärtan och saknaden som rev inom henne som ett rivjärn. Ändå, när hon satt här och mindes sin pappa, kunde hon känna av en stark skuld. Hon såg upp mot himlen och bad en kort bön.

"Gud. Om du finns och hör bön. Lyssna till min bön. Låt mig komma härifrån levande. Låt mig få träffa min pappa igen. Låt mig få träffa pappa igen och jag lovar att från och med nu vara en duktig dotter. Jag ska hålla dina bud. Jag ska ära min far och jag ska inte mörda mer. Bara du låter mig leva Gud", bad Lie-Jie.

*

"Lixue! Lixue! Vakna!" försökte Li Na väcka sin tjänarinna. Hon lade en hand på hennes axel och skakade lätt om den. Men Lixue ville inte vakna. Febern hade henne i sitt stadiga grepp. Li Na önskade plötsligt att hon lärt sig något av sin pappas läkekonster.

"Lixue Lixue! Vakna!" bad hon på nytt. Den här gången öppnade Lixue ett par glansiga ögon. Hon såg förvirrat in i Li Nas oroliga ögon.

"Fröken", började Lixue med svag stämma.

"Åh, Lixue! Vad ska jag göra?" jämrade Li Na sig.

"Det är ingen fara, fröken. Det är bara örterna som gör sitt." Lixue tvingade sig själv att le uppmuntrande.

Li Na hade inte gått långt efter Lixue. Hon hade därför på Lixues inrådan beställt ett paket av Aloe Vera, johannesört, ginseng och röd solhatt. Eunucken hade höjt på ögonbrynen och tyckt att sådana örter och plantor var bortkastade på en slav. Speciell något så sällsynt som röd solhatt och som måste importeras från ett fjärran land. Men Li Na hade för en gång skull stått på sig och krävt att få detta omlägg med örter. Just som Li Na tänkte tjata för tredje gången anlände en annan eunuck och med sig hade han ett paket med örter.

Så blev det att en tjänarinna fick hjälpa Lixue att lägga sig på rygg och lägga på örtpaketet på Lixues brännskadade rygg. Under tiden stod Li Na spänt och såg på. Hon bet sig i läppen och rörde nervöst på händerna. Måtte Lixue klara sig, tänkte hon. Vad skulle Li Na ta sig till utan sin bästa vän?

*

Fem dagar senare kände sig Lixue mycket bättre. Hon kunde nu stå och gå omkring och fastän hon hade ont kunde hon ändå tjäna sin fröken. Det skulle dröja ytterligare ett tag innan brännskadan var helt läkt, men det var inte konstigt. Eftersom Lixue snabbt klätt av sig kläderna och hällt kallt vatten på sin rygg och haft ett örtpaket på det, skulle hon sannolikt inte få något ärr. Lixue sände en tacksam tanke till vem det nu varit som skickat örtpaket på örtpaket till henne. Hon undrade om det inte var översteeunucken Guanting

Song? Trots att Lixue inte kände Guanting Song så bra, tyckte hon ändå inte att han verkade vara typen som skulle bry sig om någon som hon, en tjänarinna. Så att han till den milda graden gett henne röd solhatt. Det hela var verkligen förbryllande.

Lixue stod nu bakom sin fröken och väntade tillsammans med henne, de andra brudkandidaterna och deras slavinnor på att översteeunuck Guanting Song skulle informera dem om nästa prov. Det skulle vara det andra provet i ordningen. Prov två av sex.

Översteeunucken Guanting Song öppnade skrivrullen och harklade sig högt.

"Nästa prov är i form av två gåtor. Den som först kommer med rätt svar vinner andra provet och blir immun i nästa tävling och kan därmed inte åka ut. Ni har till solnedgången i morgon på er att svara. Den första gåtan lyder så här…" började Guanting Song. Samtidigt drog en lägre eunuck bort skynket över ett stort utspänt pappersark. På pappersarket stod sen gåtan som Guanting Song fortsatte att läsa upp. "'Allt jag slukar, fågel, fä, blomma, buske, mossa, trä. Jag gnager järn och biter stål, mal den hårdaste sten till mjöl, kungar lägger jag i mull, och stad och berg jag slår omkull. Vad är jag?' Det var första gåtan. Den andra är betydligt kortare och är mer en fråga. Frågan lyder så här…"

74

Ytterligare ett skynke drogs bort och uppenbarade ännu ett stort utspänt pappersark med den andra gåtans text på.

"...Hur tillfredsställer du bäst din man?" avslutade Guanting Song.

Hans ord fick alla brudkandidaterna utom Ai Yang att rodna djupt. På Ai Yangs läppar bildades istället ett finurligt litet leende. Hon gissade att hon var den enda av brudkandidaterna som inte hade sin oskuld kvar. När tiden kom och hon blev krönt till kejsarinna så skulle Kejsaren inte behöva lära henne hur man "bäst tillfredsställer sin man..."

*

En timme senare satt Lixue fortfarande och funderade. "Allt jag slukar, fågel, fä, blomma, buske, mossa, trä. Jag gnager järn och biter stål, mal den hårdaste sten till mjöl, kungar lägger jag i mull, och stad och berg jag slår omkull. Vad är jag?" Vad kunde det vara? Var det något djur med vassa tänder? Något sorts svärd eller vapen? Plötsligt såg hon en häftig explosion framför sig. En explosion som kunde utplåna en hel stad, döda alla dess invånare och rasera alla dess byggnader. Hon skakade på huvudet. Var fick hon allt ifrån? Det fanns ju inget sådant vapen. Inget krut i världen kunde utplåna en hel stad så där. Li Na avbröt hennes tankar.

"Åh", klagade hon och tog sig för huvudet. "Vad kan det vara? Har du någon aning?"

Lixue skakade på huvudet. "Nej, inte än", svarade hon. Hon såg Li Nas besvikna ansikte och skyndade sig att inflika. "Men oroa dig inte jag kommer nog på svaret snart."

Lixue bestämde sig för att ta en paus. Sluta fundera över den första gåtan och istället rikta in sig på den andra gåtan. Bara ingen av de andra brudkandidaterna kommit på svaret än. Ja, hur tillfredsställde man bäst sin man? Älskog? Tanken kom flygande och nu var det nästan så att Lixue rodnade också. Lixue funderade ibland på sitt gamla liv. Det hände ibland att hon hade drömmar. Drömmar som gjorde henne alldeles varm. I sina drömmar gjorde hon saker hon aldrig annars fantiserade om. Det fick henne återigen att undra om hon inte hade en partner som väntade på henne någonstans där ute. Och om hon nu varit gift hur skulle hon då bäst tillfredsställa sin man? Funderade hon. Till skillnad från Li Na och alla andra hon träffat sedan hon vaknade upp den där dagen för tre år sedan, ansåg Lixue att det inte var någon direkt skillnad på män och kvinnor. Att män inte var värda mer eller borde ha högre ställning i varken samhället eller hushållet än kvinnor. Detta är dock något hon håller tyst om. Det hände någon gång i början att hon yttrat sina åsikter och mötts av häpnad och förfäran. Hon hade fått klart för sig att sådana tankar inte passade sig. De var rent av skadliga. Lixue hade hållit tyst sen dess. Varför tänkte och kände hon så annorlunda än alla andra?

Hon skakade på huvudet och försökte återigen fokusera på problemet framför sig.

Om hon var gift? Tänkte hon och gned sig om hakan. Ja, det beror väl på, tänkte hon. Älskog funkar ju inte om mannen är trött. Inte heller passar det att äta om man är riktigt mätt. Det spelar ingen roll hur god maten är.

Samtal och kamratskap? Det tyckte Lixue lät bra. Men hon misstänkte att Kejsaren inte skulle tycka likadant. Hon hade fått intrycket av att han inte brydde sig särskilt mycket om kvinnor och framför allt inte att prata med dem. Var svaret kanske älskog ändå? Nej, det borde det väl inte vara? Nej, det beror helt på hur man känner det? Efter humör och tillfälle. Det fick bli deras svar, tänkte Lixue. Hon kunde i alla fall inte komma på något annat. Då återstod fortfarande den första gåtan. Hon tänkte ytterligare tio minuter innan svaret dök upp som en projektil i huvudet på henne.

"Jag har det!" utbrast hon.

Li Na sken upp. "Är det sant?"

Lixue berättade svaren för Li Na. Li Na log brett till svar och utbrast. "Ja så måste det vara!"

"Ska vi gå och prata med Kejsaren?" undrade Lixue.

*

Cheng-Gong satt framför sitt arbetsbord och läste skriftrulle på skriftrulle. Det var rapporter, petitioner och brev. Han avbröts av att hans huvudeunuck, Yun Xia, uppenbarade sig framför honom. Han bugade djupt och berättade att brudkandidaten, Li Na Fei, kommit för att svara på frågan.

Cheng-Gong sa till Yun Xia att säga till Li Na Fei att komma in. Några sekunder senare kom Li Na Fei in i rummet följd av sin närmaste tjänarinna. Cheng-Gong kände hur hans ögon drogs mot Lixue. Han kunde inte låta bli att undra hur det var med hennes rygg. Han hade låtit sända flera örtpaket till henne och det verkade som om dom hjälpt. Hon klarade i alla fall av att falla på knä framför honom.

Vad höll han på med? Varför höll han i med att se på en slav? Han tvingade bort blicken och tankarna på Lixue och vände sin uppmärksamhet på Li Na Fei. Kunde hon rätt svar? Han tvivlade. Han tvivlade starkt. Hon var den fjärde som kommit in och hittills hade ingen haft rätt på någon av gåtorna.

Han visade med en gest att Li Na inte länge behövde buga sig och att hennes tjänarinna också kunde resa på sig. De skyndade sig att tacka honom, så som det anstod dem att göra.

"Så får jag höra ditt svar?" började Cheng-Gong och lade armarna i kors.

Li Na darrade. Kejsare Cheng-Gong var så skräckingivande och samtidigt så attraktiv. Vanligtvis var han minst ett huvud högre än hon. Det var han inte nu. Nu när han satt på ett podium, på en tjock kudde, framför ett arbetsbord, var det precis så att deras huvuden var i jämnhöjd. Ändå kunde hon inte låta bli att darra. Hon fingrade nervöst på tyget som hängde över hennes platta mage.

Lixue såg sin frökens nervositet och ville hjälpa henne. Hon visste också att ett ingripande inte vore lämpligt. Det skulle varken gynna Li Na, som skulle anses som svag, och hennes själv som skulle ses som förmäten och övermodig. Lixue fick helt enkelt hålla tyst och istället göra sitt bästa att föra över sin kraft till Li Na via tankeöverföring.

Cheng-Gong suckade otåligt. Han hade bättre saker för sig, tänkte han. Yun Xia såg sin herres irritation och skyndade sig att ingripa.

"Varför svarar fröken Fei inte? Ser hon inte att hans kungliga höghet väntar på hennes svar? Seså skynda på!"

Li Na drog ett djupt andetag och öppnade sedan munnen. "Den första gåtan var 'Allt jag slukar, fågel, fä, blomma, buske, mossa, trä. Jag gnager järn och biter stål, mal den hårdaste sten till mjöl, kungar lägger jag i mull, stad och berg jag slår omkull. Vad är jag?'." Hon pausade en sekund innan hon fortsatte. "Svaret är Tiden, ers majestät", avslutade hon.

Cheng-Gong hajade till, men gjorde sitt bästa för att förbli neutral. Det var ju rätt. Det hade han inte trott om Li Na Fei. Men kunde hon svara rätt på nästa gåta? Han ville inte berätta än att det var rätt. Även om hon skulle svara rätt även på nästa gåta skulle han inte berätta det förrän efter solnedgången nästa dag. Han fortsatte att se så neutral ut som möjligt och ställde sedan frågan:

"Vad svarar du på nästa gåta? 'Hur tillfredsställer du bäst din man?'"

Li Na Fei såg plötsligt mycket blyg ut. Ännu någon som gissar på älskog, tänkte Cheng-Gong. Som om män inte var kapabla till att tänka och känna med annat än sin libido? Det var en ren förolämpning. För Cheng-Gong var självkontroll a och o och något han värdesatte mycket högt. Både hos andra och sig själv.

"En mätt man vill inte ha mat, men det vill en hungrig man. En trött man vill inte ha älskog, men det vill en...." Hon avbröt sig och rodnade djupt. Hon valde att inte fortsatta den meningen och sa istället: "Det beror helt på humör och tillfälle, ers majestät."

"Tack för dina svar", sa eunucken Yun Xia. "Fröken Fei kan gå nu. Ni får veta i morgon, om ni svarade rätt", fortsatte han.

Cheng-Gong såg på medan Li Na Fei och hennes tjänarinna gick och sa sedan till Yun Xia att också lämna honom. Yun Xia gjorde som han sa och snart var Cheng-Gong återigen ensam i rummet. Cheng-Gong kände sig förbluffad. Hon hade gjort det. Li Na Fei hade faktiskt svarat på båda gåtorna. Hon var också den första att svara rätt. Det betydde också att hon var vinnare av andra provet. Cheng-Gong skrattade lågt för sig själv. Nej, det hade han verkligen inte trott. Han skakade på huvudet och valde att återigen rikta uppmärksamheten på skriftrullarna framför sig. Men han hade svårt att koncentrera sig. Han kunde inte låta bli att tänka på Li Na Fei. Kanske var hon långt mer intelligent än han trott? Han kände hur ett frö av beundran sakta började spira inom honom. Drog han dessutom in luft genom näsan kunde han fortfarande känna hennes doft. Det luktade svagt av lotus. Cheng-Gong älskade doften av lotus. Doften fick det nu också att pirra i magen på Cheng-Gong. Det hela var verkligen mycket förbluffande.

*

Kapitel 8

Dränkt katt

Alla brudkandidaterna stod samlade på led i det stora tronrummet och väntade på att den andra tävlingens vinnare skulle tillkännages. Shu Lan Wei såg ovanligt mallig ut och Li Na var säker på att hon svarat rätt. Hon kastade en ängslig blick bakåt på Lixue. Lixue fortsatte att hålla huvudet böjt, men hon kunde ändå skymta hennes uppmuntrande leende. Hon blundade för en sekund, drog in luft och kände hur kraften från Lixue strömmade in i henne och gav henne mod. Hon sträckte lite på sig och kunde till och med ge sig på ett litet leende hon med. Hon litade på Lixue. Även om hon inte vann skulle hon säkert i alla fall komma tvåa, och det var inte dåligt det heller. Dessutom var det flera prov kvar. Hon hade fortfarande chansen att vinna. Inget var bestämt ännu.

Huvudeunucken stod, en bit åt sidan, nedanför Kejsarens tron och i handen hade han en skriftrulle. Han hade fått i uppdrag att tillkännage vem som var den andra tävlingens vinnare. Han var inte glad. Han såg från fröken Li Na Fei till fröken Shu Lan Wei. Shu Lan Wei hade svarat rätt precis som den betydelselösa fröken Li Na Fei gjort. Problemet var bara att fröken Shu Lan Wei gett sitt svar efter fröken Li Na Fei. Fröken Shu Lan Wei, dotter till general Wu Wei skulle inte bli glad. Fröken Shu Lan Wei hade ett visst rykte om sig. Ett rykte Guanting Song mycket väl kände till. Han bävade starkt inför hennes reaktion. Dels bävade han för sin egen säkerhet och dels bävade han för att fröken Shu Lan Wei i sin ilska skulle göra bort sig inför Kejsare Cheng-Gong och mista sin plats som brudkandidat. Det skulle heller inte vara bra för hans egen säkerhet. Äpplet föll inte långt från trädet och general Wu Wei hade också ett rykte om sig att vara grym, hjärtlös och oberäknelig precis som sin dotter. Så gjorde Kejsaren en gest åt honom att tillkännage resultatet. Guanting Song svalde hårt och gjorde sitt bästa för att inte visa sin rädsla och nervositet.

"Ärade brudkandidater. Vi har nu utsett en vinnare. Första gåtan var...", han upprepade första gåtan. En kort paus senare fortsatte han: "Svaret var tiden och fröken Li Na Fei var den första att svara rätt på den gåtan. Nästa frågeställning löd enligt följande... 'Hur tillfredsställer du bäst din man?' Svaret är att det beror på humör och tillfälle...", han gjorde en kort paus, kastade en snabb blick på fröken Shu Lan Fei och svalde hårt innan han återigen fortsatte. "Den första att svara rätt på den andra frågan var också fröken Li Na Fei." Guanting Song naglade fast sin blick i Li Na Fei och det till den milda graden att hon började skruva olustigt på sig. Allt för att inte behöva se på fröken Shu Lan Wei och möta hennes blick. "Det betyder att det är fröken Li Na Fei som är vinnaren."

Det var knäpptyst i rummet. Inget vågade säga något. Inte ens Li Na Fei vågade fråga om hon verkligen hört rätt, om hon verkligen vunnit. Tystnaden bröts av att Kejsarens händer slogs mot varandra i en enkel applåd. När Guanting Song, de andra eunuckerna, tjänarinnorna och brudkandidaterna såg det, instämde de genast i hans applåd. Alla utom Li Na Fei applåderade, då det var hon som var föremålet för allas applåder. Hon rodnade djupt och visste inte vad hon skulle ta sig till. Bakom sin rygg kunde hon känna hur Lixue lätt tryckte hennes hand. De hade vunnit. De hade faktiskt vunnit andra tävlingen. Inte den malliga Shu Lan Wei och ingen av de andra "finare" brudkandidaterna. Det var faktiskt de, hon rättade sig. Det var faktiskt *hon* som vunnit. Hon kastade en blick på Shu Lan Wei. Hon såg rasande ut, som om hon när som helst skulle få ett utbrott. Men hon visste bättre än att visa sig sådan inför Kejsaren och valde därför att med sammanpressande läppar ursäkta sig själv och lämna salen. Den andra att lämna salen var fröken Yawen Zedong som blev den andra att åka ur tävlingen. Hon fick genast packa sina tillhörigheter och åka hem.

*

Lixue och Li Na Fei hade spenderat följande kväll med att festa. Li Na Fei stod efter flera glas vin på bordet och dansade en segerdans. Lixue som var betydligt nyktrare och bara druckit ett glas vin istället för fyra, stod med utsträckta armar nedanför bordet, beredd på att ta emot sin fröken ifall hon skulle ramla. Utan förvarning hoppade Li Na Fei plötsligt ner från bordet. Lixue fick nästan en hjärtattack och vädjade till sin fröken att dricka några glas vatten och sen gå och lägga sig. Men det var inget Li Na Fei ville höra på. Hon ville fortsätta festa. Hon fick plötsligt syn på den stora fullmånen som blickade in genom ett öppet fönster en bit bort. Hon avbröt sig mitt i en mening och började gå mot dörren.

"Jag vill se månen", förkunnade hon och öppnade dörren.

Lixue skyndade sig efter. Lixue var Li Na Feis tjänarinna och inte hennes övervakare. Lixue hade därför inte befogenhet att hindra Li Na Fei på något sätt, eller tvinga henne att göra något hon inte ville. Lixue fick därför snällt följa sin fröken och istället vädja till hennes förstånd att återvända till sitt rum. Men det var inget Li Na Fei ville lyssna på.

"Ja ja, men försök för all del att vara lite tystare", bad Lixue och satte fingret till munnen i en gest hon gjort många gånger förut och som Li Na Fei mycket väl kände igen.

Li Na Fei fnittrade till och satte sen fingret till munnen. "Sch!" log hon brett.

Lixue nickade. "Ja, schh", upprepade hon.

Snart var de ute ur den långa byggnaden och gick i trädgården. Lixue hoppades verkligen att de lyckats undvika att väcka någon. Sakta men säkert styrde de stegen mot den stora dammen. Där hade de gått tidigare under dagen. Då hade solen speglat sig i vattnet. Lixue undrade om månen nu skulle spegla sig på samma sätt. Det kunde vara värt att ta reda på.

*

Månen sken in på Cheng-Gong och gjorde det omöjligt för honom att sova. Han hade vänt och vridit på sig i över en timme. Han var helt enkelt inte särskilt trött. Han funderade på om han skulle kalla på sin personliga eunuck, Yun Xia och be honom komma med en kopp sövande örtte till honom. Det brukade alltid hjälpa. Det var bara det att teet smakade vedervärdigt. Han ryste bara han tänkte på det. Efter en stunds övervägande bestämde han sig för att ta en promenad i månskenet. Kanske kunde den stilla natten, den friska luften, det daggfyllda gräset och den vackra månen lugna honom och göra honom trött.

En stund senare befann sig Kejsare Cheng-Gong, fortfarande i nattkläderna och utan någon tjänare, ute på en kvällspromenad. Han gick runt hela trädgården runt sitt eget palats och kände sig fortfarande inte redo att sova. Istället njöt han av luften, av doften av alla blommorna, några importerade från fjärran länder och av tystnaden. Ingen som sa ers höghet dittan eller ers höghet dattan. Ingen som krävde han uppmärksamhet, som fjäskade för honom eller daltade med honom. Hade Yun Xia sett honom nu skulle han fått en smärre hjärtattack. Cheng-Gong var ju faktiskt Kejsare, det passade sig inte att han gick ut utan att ha på sig de kejserliga kläderna eller hårsmyckningarna. Inte bara för att det inte anstod en man i hans ställning att visa sig offentligt så, utan också för att den friska kvällsluften kunde göra honom förkyld. Ve och fasa om han blev förkyld. Som landets makthavare och fader måste han ta hand om sin hälsa. Men Cheng-Gong njöt, han njöt i stora drag av friden och efter att han luktat på alla 3245 blommorna i sin egen trädgård fortsatte han till nästa palatsdel och nästa trädgård. Han fann sina steg styra mot dammen. Om dagarna tyckte han ofta om att vandra runt dammen, se och mata karparna. Precis som på andra delar av palatsets område, trädgård och gångvägar satt det tända lyktor lite varstans. Det var med hjälp av ljuset från dem, som han manövrerade sig.

Plötsligt fick Cheng-Gong se hur vattenytan klövs av en fena från en guldfärgad karp. Han stannade först upp. När karpen fortsatte att leka i vattnet och den dessutom fick sällskap av flera andra karpar kände han sig tvungen att ta sig närmare och titta. Han ställde sig på kanten till dammen och lutade sig framåt för att se bättre. Han visste inte riktigt hur det hände. Plötsligt kändes marken under honom hal, hans kropp för tung och han kunde inte längre hålla balansen. Med ett plums föll han i vattnet. Den plötsliga kylan fick hela hans kropp att reagera. Han blev som is och det spelade ingen roll hur han sprattlade med benen och

87

viftade med armarna, han började ändå sjunka. Han insåg panikslaget att han kanske inte skulle klara sig. Han behövde hjälp och det akut.

"Hjälp!" ropade Cheng-Gong. Han höll på att svälja vatten och började hosta kraftigt. Mellan en hostattack lyckades han panikslaget få fram ännu ett rop på hjälp.

*

Lixue spände öronen. Hörde hon rätt. Hon vände sig mot sin fröken. Hon stod just nu på tå och försökte fånga månen i sin ena hand.

"Den är för stor", klagade hon.

"Hörde du nått?", undrade Lixue och såg sig om.

"Hjälp!", där kom ljudet igen. Lixue kunde inte låta bli att känna igen rösten. Hon letade i sitt sinne och några sekunder senare gick sanningen upp för henne. Hon spärrade förvånat upp ögonen. Kejsaren behövde hjälp.

"Stanna här", bad hon Li Na och sprang sedan allt hon kunde i den riktning rösten kommit ifrån. Hon sprang tills hon inte visste vad hon skulle ta sig till. Då stannade hon till, satte sina händer på knäna för att hämta andan och lyssnade.

"Hjälp", hörde hon på nytt, men den här gången inte lika högt. Snart hördes ett bubblande ljud. Ljudet av en kropp som sjunker i vatten och av luft som pressas ur ett par ansträngda lungor. Lixue såg sig om och fick syn på ett par bubblor i vattnet en bit bort. Utan att tveka sprang Lixue dit och dök i vattnet. Till skillnad från nästan alla andra tjänare och däribland också många bland adeln kunde Lixue simma. Det visste hon. Hon visste inte hur det kom sig att hon kunde det, utan bara att hon kunde det.

Hennes kropp klöv vattenytan med ett lätt plask. Hon försökte se under vattnet, men det var i stort sätt omöjligt. Det var för mörkt. Lixue blundade en kort sekund och bad en tyst bön. Måtte hon hitta Kejsaren. Han fick inte dö. Han fick bara inte dö, upprepade hon gång på gång inom sig. Ovanför vattenytan hörde hon Li Na skrika. Hon kände sig om möjligt ännu mer panikslagen. Bara inte Li Na fick för sig att också hoppa i vattnet. Li Na kunde ju inte simma. Nej, nu måste hon skynda sig innan en till olycka inträffade. Hon öppnade ögonen tog ett simtag och viftade sedan på nytt med armarna under vattnet. Den här gången nuddade hennes händer något. Hon knöt handen och fick tag i tyget på Kejsarens klädnad. Hon tog ytterligare ett simtag och kände sedan med händerna över Kejsarens kropp. Hennes händer nådde Kejsarens midja. Hon slöt armarna om den och simmade sedan upp mot ytan. När hennes lungor återigen fylldes av luft insåg hon hur nära det varit att hon också tuppat av. I sin desperation hade hon inte insett hur länge hon själv varit under vattnet.

Hon lade en arm under Kejsarens haka och höll hans ansikte uppe samtligt som hon med sin andra arm simmade mot kanten. Uppe på land hade en stor grupp människor samlats. Ljuset från allas lyktor gjorde att inte en enda av alla de som stod på land kunde missta sig på vem det var Lixue räddat. Alla ville hjälpa till. När Lixue och Kejsaren nästan var framme vid kanten fick Li Na ett ryck och hoppade i vattnet. Som om hon skulle hjälp Lixue ta upp Kejsaren. Men det hade hon inget för. Hon kunde ju som sagt inte simma. Det resulterade i att Lixue fick hjälpa Li Na också så fort Kejsaren kommit upp på land igen. Det var inte tungt. Hon fick hjälp av eunuckerna och tjänarna på land. Uppe på land passade Lixue att lätt banna sim dumdristiga fröken, allt medan Yun Xia undersökte Kejsaren. Li Na lyssnade inte. Hon var fullt upptagen med att titta på Kejsaren. Då vände Lixue blicken och såg också på honom. Bara han klarade sig. Han hade väl inte varit i vattnet för länge?

Yun Xia var en av dem som samlats och han skyndade sig att leta efter Kejsarens puls. Hans händer darrade kraftigt och det var inte av kylan. Han kände ingen puls. Kejsaren var död. Han såg med stora ögon upp på folket som stod runt omkring honom. De förstod. De kunde läsa av hans ögon. Kejsaren var död. Ändå ropade han på en lägre stående eunuck att springa och hämta den kungliga läkaren. Kanske kunde han utföra mirakel. Kanske kunde han rädda Kejsaren? Men Yun Xia tvivlade. Han tvivlade starkt på det.

"Skynda!" skrek han ändå med en röst fylld av ångest. Ja, han skrek fastän han mer eller mindre redan visste att det var försent.

Kejsaren är död! Meningen upprepades gång på gång inom Lixue. Hon visste inte riktigt varför den tanken berörde henne så mycket. Hon var inte nära Kejsaren. Hon hade visserligen räddat livet på honom en gång tidigare, men det var också allt. För övrigt var hon en tjänare. Hon kastade en blick på Li Na. LI Na hade genast blivit spiknykter. Hon såg nu håglös och likblek ut där hon stod någon meter ifrån Lixue. Lixue såg på Li Na och sen på Kejsaren. Nej, hon kunde inte låta honom dö. Hur skulle Li Na då kunna bli kejsarinna? Nej, inte nu när de kommit så långt. Lixue visste plötsligt hur hon skulle göra.

Med bestämda steg skyndade hon fram till Kejsaren. Hon puttade bort Yun Xia som stod som en hök över honom. Utan att ge det en närmare tanke lyfte hon på Kejsarens haka, öppnade hans mun och tog ett varsamt nyp om hans näsa. Fortfarande på instinkt sänkte hon huvudet och lät sina läppar möta hans, allt medan hon blåste in luft i hans lungor. Runt omkring henne flämtade alla till. Yun Xia försökte dra bort henne, men hon tillät det inte. Hon kunde rädda Kejsaren. Bara hon kunde det. Ingen skulle få hindra henne. Hon formade knytnäven till en kula och avfyrade en mängd slag mot Yun Xias ansikte. Han föll omedelbart baklänges. Bakom Lixue viskade LI Na hennes namn, men Lixue lyssnade inte. Tre gånger blåste hon in luft i Kejsarens mun innan hon satte händerna över hans bröst och började utföra kraftiga kompressioner. Efter vad Lixue gjort mot Yun Xia vågade ingen stoppa henne. De såg bestört på medan Lixue "misshandlade" deras döda Kejsares kropp.

Tio minuter senare höll Lixue fortfarande på. Trots kylan var hon varm. Svetten rann i panna, hals och längs bröstet. Men det var det ingen som såg. Lixue var blöt redan som det var. Även om ingen såg det kände Lixue det. Hon kände inte bara det. Hennes puls var uppe i 150 och hon andades stötvis. Men hon kunde inte ge upp. Inte än. Hennes ansträngning gav resultat. Plötsligt började Kejsaren hosta. Han hostade upp vatten och hans lungor fylldes sedan åter med luft. Lixue såg det och slutade genast sitt livräddningsförsök. Hon släppte allt. Tog några steg därifrån och satte sig ner på marken och hämtade andan.

"Lixue", Li Na viskade hennes namn.

"Han lever. Fröken, hjälp honom", viskade Lixue till Li Na.

Li Na nickade. Hon trodde på sin vän och tjänarinna. Det spelade ingen roll vad det gällde. Li Na litade fullständigt på Lixue. Utan att tveka gick Li Na fram till Kejsaren och satte sig på knä bredvid honom just som han öppnade ögon.

*

Cheng-Gong hade en så konstig dröm. Han drömde att han dött och att en gudinna med blåa ögon och alabasterfärgad hud kommit ner från himlen, kysst honom och gett hans liv tillbaka. Drog han in luft i näsan kunde han fortfarande känna hennes doft. Hon doftade lotus. Precis som… som Li Na Fei. Tanken fick Cheng-Gong att genast slå upp ögonen och vem var den första han såg, jo om inte LI Na Fei. Var det hon som räddat hans liv?

Sekunderna tickade förbi och Cheng-Gong blev sakta medveten om sin situation. Han var blöt och verkade befinna sig liggandes på marken. Han såg sig omkring. Runt omkring honom stod eunucker och tjänarinnor, alla iklädda sina nattkläder. De såg på honom med en outgrundlig min. Det var förundran blandat med något annat, något han inte kunde sätta fingret på. Mitt framför honom satt Li Na Fei på knä. Hon tog plötsligt hans hand och tryckte den hårt. På hennes kind rann en tår.

"Jag är så glad att ers majestät lever", viskade hon och förde upp hans hand mot sin kind. Hon tryckte den mot den lena kalla huden i hennes ansikte. Utan en tanke på vad hon gjorde fortsatte hon gnida hans handrygg mot hennes kind. Själv var Cheng-Gong så förvirrad att han inte iddes dra undan den. Plötsligt mindes han vad som hänt. Han hade ramlat i dammen. Han såg sig omkring, hans ögon fastnade sen på Li Na

Fei. Hon var blöt liksom han. Var det hon som hoppat i och räddat honom?

"Var det fröken Fei som räddade mig?" undrade han.

Li Na rodnade djupt. Hon visste inte vad hon skulle svara. Hon hade visserligen också hoppat i vattnet, men nej, det var inte hon som räddat honom. Även om hon önskade att det varit det. Han skulle bli så tacksam gentemot henne om det varit hon som gjort det. Hon kastade en hjälplös blick på Lixue. "Vad ska jag säga?" sa blicken.

Lixue kände att det var dags att gripa in. Hon reste sig smidigt och bugade djupt medan hon började tilltala hans kejserliga höghet.

"Ers majestät, det var i sanning min fröken, fröken Li Na Fei som räddade livet på ers höghet."

Hon undvek bestämt att se honom i ansikte. Nu var visserligen den största delen av Lixues ansikte dolt, men hon bävade ändå för att Kejsaren skulle se igenom henne och genomskåda hennes lögn. Alla visste att det var straffbart att ljuga för Kejsaren. Hon hoppades innerligt på att ingen skulle avslöja henne.

Men ingen sa något och Kejsaren verkade tro henne.

Kejsare Cheng-Gong såg på Li Na med ögon som lyste av beundran och Lixue visste att hon gjort rätt som ljugit.

Kapitel 9

Musik gläder hjärtat

Veckan gick och Kejsaren hade fortfarande inte kallat in Lixue eller gett henne något straff. Han verkade fortfarande tro att det var Li Na som räddat honom från att drunkna och inte Lixue. Lixue undrade varför. Inte för att hon inte var glad. Givetvis var hon det. Det var givetvis jättebra att Kejsaren ännu inte visste sanningen, och måtte han aldrig få reda på det. Men det var konstigt. Det hade funnits flera vittnen. Ryktet om vad som hänt borde ha spridits inom palatset, men nej, varken hon eller Li Na hade hört något. Om inte annat borde folk viska om att Lixue väckt upp Kejsaren från det döda med ett gäng "kyssar". Men inte ett ljud. Till slut kände sig Lixue tvungen att närma sig Yun Xia och fråga varför det var så.

"Du har mig att tacka för att det är så. Jag hotade med att låta avrätta alla som pratar om eller sprider vidare det som hände. Inte för din skull…", poängterade han. "Utan för vad som följderna skulle bli om andra får reda på det som hänt", fortsatte eunucken Yun Xia.

"Hur menar du? Det är väl bara jag som… du vet…" Lixue drog en hand över halsen och lipade åt ena sidan.

"Ja, givetvis skulle du säkert bli avrättad direkt och fröken Li Na Fei skulle skickas hem. Men det är inte det jag är orolig för. Qingas befolkning är ett vidskepligt folk. Om folk får reda på att Kejsaren dött och återuppstått skulle det kunna få katastrofala följder."

"Varför det? Skulle inte folket bli imponerade och mer övertygade om att det är gudarna och förfäderna som satt hans kungliga höghet på draktronen?"

"Jo, kanske. Eller så kanske de skulle tro att det är tvärtom. Att han fått kraft av de onda makterna. När tidigare har en Kejsare, oavsett hur god han varit, vunnit över döden. Jag vågar inte ta risken. Och om du vill behålla ditt söta huvud på den där smala nacken bör du också hålla tyst."

Lixue nickade förstående och beslöt sig för att inte ta upp saken något mer. Hon fick helt enkelt tacka sin lyckliga stjärna för att hon levde och gå vidare.

*

Tredje tävlingen hade blivit tillkänna gjord och Lixue och Li Na var mitt uppe i förberedelserna. Den tredje tävlingen bestod i att visa upp en talang. Den som kunde imponera på Kejsaren mest eller på ett eller annat sätt fånga Kejsarens uppmärksamhet mest skulle vinna.

Lixue gissade att de flesta skulle visa upp sin talang på bambuflöjten *guqin, p*å guzhengbrädan, eller sjunga en sång med sin vackra sångröst. Eller både och. Li Na kunde precis som alla andra "finare" brudkandidater spela både guzheng och *guqin,* men hon hade dessvärre inte särskilt vacker sångröst. Hon skulle inte kunna vinna över de andra bara genom att spela ett svårt stycke på sin guzhengbräda. Inte när de andra kunde båda sjunga och spela. Hon måste imponera på Kejsaren på annat sätt. Hon skulle kunna dansa? Men ryktet gick att Su An Fang också skulle göra det. Så vilken sorts talang skulle Li Na visa upp?

Lixue bestämde att de skulle sova på saken. Det gjorde LI Na orolig. De hade bara sju dagar på sig att komma på något och öva, och sju dagar gick snabbt. Men det blev som Lixue hade bestämt och tur var det. För den natten drömde Lixue om ett instrument Li Na aldrig hört talas om förut.

Lixue drömde att hon satt vid en lägereld. Det var en kall natt och himlen var alldeles klar. Överallt blänkte stjärnor ner på henne och de män som satt med henne runt lägerelden. De var alla snaggade och bar likadana kläder, mörkgröna byxor med konstiga mönster och svarta t-shirts. Själv bar hon också sådana kläder. Trots att hon var ensam kvinna kände hon sig aldrig rädd eller underlägsen. Tvärtom kände hon sig som en av männen. Hon var en av dem och de såg henne inte på något annorlunda sett. Hon hade inget skynke för ögonen och ingen var rädd för hennes blåa ögon. Faktum var att en av männen hade gröna ögon, precis som en gudom. I händerna hade Lixue ett instrument. Det var olikt alla andra instrument hon sett de senaste tre åren. Det var förvisso ett stränginstrument, men man höll det i händerna, det låg inte på ett bord. En av männen bad henne att spela på instrumentet. De kallade det för en gitarr. Lixue fortsatte att drömma och i drömmen spelade hon på detta förunderliga instrument och det lät olikt allt annat hon hört de senaste tre åren. Plötsligt gick en sträng av, men hon blev inte ledsen. Istället gick hon in i ett tält, rotade i en stor grön säck och tog fram ett litet genomskinligt etui, gjort av ett okänt material, det såg ut som glas, men det var inte glas. Det var betydligt lättare och plingade inte när man slog naglarna mot det. I etuiet låg det nya strängar. Utan besvär satte Lixue på en ny sträng på gitarren och såg till att den fick rätt ljud. Och det bara på gehör. Hon fortsatte sedan att spela, spela och sjunga och alla männen berömde henne.

När Lixue vaknade nästa morgon visste hon precis vad Li Na skulle visa upp för talang. Genast gjorde hon en skiss av gitarren, kallade till sig en snickare och förklarade för honom hur alla delar såg ut och hur de skulle sitta ihop. Hon förklarade att hon ville ha två sådana. Men hon sa aldrig vad det var han skulle tillverka. Hon ville att så få människor som möjligt skulle känna till saken. Hon bad också snickaren att tillverka en stor koffert. Kofferten skulle ha flera små hål på ovansidan av locket och skulle vara klar så snart som möjligt. Efter det tillkallade hon en eunuck som fick gå och handla strängar.

En dag senare kom kofferten och ytterligare en dag senare anlände en eunuck med både två gitarrer och strängar. Lixue satte genast på strängarna och stämde den ena gitarren och efter att hon sett till att den fungerade som den skulle, monterade hon också den andra. Men där spände hon inte strängarna ordentligt. Eftersom Li Na omöjligt skulle kunna lära sig att spela detta nya fascinerande instrument på bara fyra dagar, blev det bestämt att Li Na bara skulle låtsas spela. Därför var strängarna på ena gitarren inte spända ordentligt för att hon inte skulle råka spela på den och framkalla ljud vid fel tillfälle. Lixue berättade också en låt hon haft i huvudet under en lång tid. Det var en lugn sång som hon trodde hette"三寸天堂" eller "Tre Tums Himmel". Hon lärde Li Na texten till den sången. De övade hela dagen och snart satt låten som den skulle. Men eftersom Li Na som sagt inte var någon sångfågel skulle hon bara mima när Lixue sjöng. Det var inte bara i Lixues drömmar som hon var duktig på att sjunga. Även i Fei hushållet var Lixue känd som en riktig näktergal. Lixue instruerade också Li Na hur hon skulle hålla gitarren och hur hon skulle göra med händerna för att det skulle se ut som att hon spelade. I själva verket var det Lixue som skulle spela. Lixue skulle ligga i kofferten på scenen och spela och sjunga och Li Na skulle sitta uppe på och låtsas spela och mima.

Förutom "Tre Tums Himmel" tränade Li Na och Lixue
på tre andra låtar. Vem vet vad som skulle hända?
Tänk om något skulle gå fel eller om Kejsaren bad dem
sjunga en låt till. Nu var de i alla fall förberedda.

*

Det var kväll och tre brudkandidater hade redan
framfört sin talang. De hade alla varit mycket duktiga.
De var nu dags för Li Na och hon darrade som ett
asplöv av nervositet.

"Oroa dig inte, fröken. Det här ska nog gå bra", viskade
Lixue till henne.

Lixue låg just nu i kofferten och var beredd på att börja
spela och sjunga. Kofferten stod på scenen och på den
satt Li Na. Hon hade redan bugat inför Kejsaren och
sagt alla hälsningsfraser och alla väntade just nu på att
hon skulle börja. I lådan, under Li Na räknade Lixue ner
från tre. Men bara så högt så att Li Na hörde det.

1...2...3

Så började hon spela och sjunga "Tre Tums Himmel".

"Vi stannade här rädda för att gå vidare. Vi tillät inte
sorgen ta plats i våra hjärtan. På nästa sida står ditt
avskedsbrev..." började Lixue sjunga och Li Na mimade
till.

Så fort alla hörde ljudet av det nya förunderliga
instrumentet lutade sig alla intresserat framåt, en av

dem som gjorde det var Kejsare Cheng-Gong. Han hade precis som alla andra aldrig hört något liknande. Vad var det här för förunderligt instrument?

De spelande noterna fick hans hjärta att slå snabbare och han fylldes av en ny underlig känsla. En känsla han inte kunde sätta ord på. Det han hörde var så vackert och samtidigt så sorgligt att det nästan framkallade tårar i hans ögon. Varje ton kändes som en bris och varje stavelse som en smekning. Han ville blunda, men han kunde inte. Hans ögon var fästa på Li Na Fei. Hon satt där på en stor låda av trä på scenen, spelade på ett instrument han aldrig sett förut och såg vackrare ut än någonsin. Visst hade han redan tidigare sett att hon var vacker. Men ikväll, ja i kväll var ordet vacker inte nog för ett beskriva hennes uppenbarelse. I skenet från lyktorna runt scenen, med glitter från stjärnorna i håret och iklädd en turkosfärgad klänning täckt med vita pärlor, också de gnistrande från månen och stjärnorna - var det nästan något övernaturligt med henne. Han kunde inte ta ögonen ifrån henne.

Snett bakom Kejsare Cheng-Gong stod Yun Xia. Som Kejsarens personliga eunuck kände Yun Xia sin herre bättre än någon annan. Kanske till och med bättre än han själv? Yun Xia såg på sin herre Kejsaren. Han såg hans glittrande ögon, hur de var fixerade på Li Na Fei och insåg det hans herre då ännu inte insett. Kejsaren började bli kär.

*

Dagen efter tillkännagavs vinnaren. Det var inget som förvånade någon när huvudeunucken Guanting Song berättade att fröken Li Na Fei var vinnaren. Li Na hoppade högt att lycka. Lixue tog tyst hennes hand och kramade och viskade ett kort "grattis", fröken.

Lixue var den enda som delade Li Nas lycka. Den som var minst glad var Bo Jing som var den tredje att lämna tävlingen eller kanske fröken Shu Lan Wei, som trott att hon skulle vinna med sin sång och dans. Ja, Shu Lan Wei var verkligen inte glad. I den stunden slutade hon tycka illa om fröken Li Na Fei och började istället hata henne. Ingen, absolut ingen skulle få ta Kejsaren ifrån henne.

*

Kapitel 10

För ful för att vara konkubin

För att fira Kejsarens födelsedag bestämde Cheng-Gong att brudtävlingarna skulle ta en paus på en vecka. Han bjöd också alla brudkandidater, sina bröder och systrar samt flera ur parlamentet ut på jakt. Guanting Song läste upp kungörelsen för alla förväntansfulla brudkandidater. Han berättade också att de, trots att de var kvinnor var inbjudna att delta i den stora jakttävlingen Kejsaren anordnade. Den som sköt flest djur från soluppgång till solnedgång, fick inom rimlighet önska vad de än ville av Kejsaren. Men Kejsaren skulle också ställa upp och vann han, då var det istället alla andra som skulle ge honom en gåva.

*

"Detta är perfekt!", skrattade fröken Shu Lan elakt. Under en jakt kan vad som helst hända. Det skulle inte vara konstigt om någon råkade skjuta Li Na Fei under jakten. Ja, det är perfekt!", skrattade hon på nytt. Hon vände sig till sin personliga tjänarinna Ru Su.

"Ru Su kontakta de andra brudkandidaterna och berätta om min plan. Jag är säker på att alla samtycker. Den första som får chansen skjuter Li Na Fei!" På Shu Lans läppar bildades ett ondskefullt leende. Ru Su såg det och log tillbaka. Tillsammans såg de ut som två nöjda katter. Men så kom Ru Su på något.

"Men hur kan du vara säker på att fröken Li Na Fei verkligen ställer upp i tävlingen?" frågade Ru Su bekymrat.

"Det kan jag inte. Hon verkar inte vara typen som skulle gilla jakt. Ändå är det något som säger mig att hon säkert kommer att ställa upp. Jag bara känner det på mig."

*

"Men jag kan ju inte ens skjuta pilbåge", gnällde Li Na.

"Oroa dig inte. Jag kan skjuta i ditt ställe" sa Lixue självsäkert. De kunde vinna det här.

"Men kan du skjuta då?"

Lixues självförtroende försvann och hon kunde inte låta bli att skruva lite nervöst på sig. "Nja, kan och kan. Jag vet inte om jag kan. Men så svårt kan det väl inte vara?" svarade Lixue.

Li Na skakade på huvudet. "Både Kejsaren och prinsarna har säkert tränat i flera år och jagat många gånger förut och ändå tror du att du kan slå dem. Du vet att du har mitt största förtroende Lixue, men i den här frågan tror jag ändå att du har fel."

"Ja, vi får väl se" sa Lixue och bestämde sig för att smyga ut och träna så fort som Li Na somnat.

*

Ett stort antal lyktor lyste upp träningsplanen. Utanför planens murar var det i stort sätt kolsvart. Klockan var mycket och de flesta låg sedan länge och sov. Men inte Lixue. Så fort Li Na somnat hade hon smugit ut, dyrkat upp låset till vapenförrådet med en nål och tagit fram en pilbåge och en korg med pilar. Hon hade sedan tänt lyktorna som satt på stolparna runt och kring träningsplanen.

Det var inte svårt att lista ut hur man skulle hålla bågen eller hur man skulle spänna den. Det gick förvånansvärt lätt. Trots det kände Lixue att även om hon rent logiskt sätt visste hur man gjorde, kunde hon inte se sig själv som någon som någonsin skjutit pilbåge. Men Lixue var inte den som gav upp lätt. Hon lade en pil i handen och spände bågen. Det var tungt, men inte för tungt. Lixue rörde regelbundet på sig och bar ofta tunga saker.

Lixue spände bågen och siktade mot målet. Plötsligt blev synen suddig och målet ändrade form. Framför sig såg hon istället en man. En man iklädd en vit tunika och randig sjal om huvudet. Hon skakade på huvudet och försökte återfå fokus. Plötsligt tog mannen upp ett svart konstigt föremål i metall. Det var ett vapen. Ett skjutvapen olikt alla andra och hundra gånger mer kraftfullt än en pil och pilbåge. Han tryckte på avtryckaren. En kula klöv luften och kom rakt emot henne. Den träffade henne i bröstet och hon tuppade av.

*

Cheng-Gong hade återigen svårt att sova. Han tänkte på den kommande jakttävlingen och kände att det var länge sedan han tränat på att skjuta. Efter ytterligare en halvtimmes kastandes hit och dit i sängen gick han upp, tog på sig kläder och gick till träningsbanan. Han kunde inte låta bli att väcka Yun Xia. Efter flera misslyckade försök från Yun Xias sida att få sin herre att tänka om följde han istället med.

När Cheng-Gong och hans personliga eunuck Yun Xia kom fram till träningsbanan var redan alla lyktor tända. En bit därifrån stod en kvinna och spände en båge.

"Det är ju Lixue, fröken Li Na Fei tjänarinna!" viskade Yun Xia.

Cheng-Gong nickade. Han hade också sett det.

"Där får hon ju inte vara, ers majestät. Jag ska genast gå och säga till henne", fortsatte Yun Xia, men hindrades av en hand på sin axel. Han vände sig mot sin herre.

Cheng-Gong skakade på huvudet. "Det behövs inte. Att låta henne öva på att skjuta pil är väl det minsta jag kan göra efter vad hon gjort för mig." Han rynkade pannan. "Däremot är jag väldigt nyfiken på var hon fick pilarna och bågen ifrån." Med de orden styrde Cheng-Gong stegen mot tjänarinnan.

Ju närmre han kom, desto blekare såg han att hon såg ut. Något var fel. Hon såg ut som hon sett ett spöke. Han kastade en snabb blick i samma riktning som den hon såg mot, men han kunde inte se något.

Efter någon sekund såg han att hon också började svaja hit och dit som ett vasstrå i vinden. Utan att tänka sig för sprang han emot henne och hann fånga henne i sina armar, just som hon svimmade.

Bakom honom skyndade sig Yun Xia efter sin herre. Han såg bekymrat på när Kejsaren föll på knä med en avsvimmad tjänarinna i sina armar. Det här var verkligen inte lämpligt, tänkte han förfärat.

Det här blev inte riktigt som Cheng-Gong tänkt sig. Att han skulle sitta där, på marken med en tjänare i famnen. Kvinnan i hans famn var mjuk och lätt och doftade... han drog in hennes doft. Lotus? Konstigt, tänkte han och rynkade pannan. Han kände igen den doften. Det var också så fröken Li Na Fei luktade. Hon kanske hade fått en del av parfymen på sig när hon hjälpt Li Na Fei, tänkte han. Bara han tänkte på fröken Li Na Fei så spreds det en varm känsla i bröstet.

Sekunderna tickade förbi. Bredvid honom stod Yun Xia, fortfarande förfärad, men för rädd för att säga något. Han undrade nog vad Cheng-Gong höll på med och det gjorde Cheng-Gong också. Hans blick föll på Lixues mun. Läpparna var ljust rosa, lagom fylliga och riktigt, riktigt inbjudande att se på. Han skyndade sig att vända bort blicken och hans ögon föll på det halvt genomskinliga skynket Lixue hade för ögonen och pannan. Hon hade det på sig till och med när hon var själv. Stod inte hon heller ut med sitt "förmodade" hemska utseende? kunde han inte låta bli att fråga sig. Men hur hemsk såg hon egentligen ut? Han övermannandes plötsligt av en stark nyfikenhet. Han skulle just till att lyfta på skynket när Lixue vaknade till och började röra på sig.

Lixue öppnade förvirrat ögonen. Hennes förvirring blev inte mindre när hon såg in i ett par välbekanta gyllenbruna ögon. Insikten gick upp för henne, det var Kejsarens ögon, och Lixue flög upp som ett skott.

"Er... ers höghet", stammade hon. Hon skyndade sig att falla ner på knä och trycka sin panna mot marken. "Er tjänare förtjänar att dö", fortsatte hon. Hon visste inte varför, men den frasen dök automatiskt upp i hennes huvud. Det kändes som något hon borde säga. Egentligen var hon inte rädd för att dö. Hon hade faktiskt räddat Kejsaren vid två tillfällen. Nja, så vitt han visste var det ju bara en gång, men det borde väl ändå räcka för att han skulle tänka sig för en gång extra innan han i vredesmod kastade ur sig en dödsdom mot henne. Om det nu var hans personlighet att göra så. Lixue måste medge att hon inte kände Kejsaren så väl för att veta om han var sådan.

Cheng-Gong reste sig smidigt upp och började borsta av sina kläder. "Så bra att du vet det." Cheng-Gong visade med en gest att hon kunde resa på sig.

Lixue skyndade sig att tacka Kejsaren och reste sen på sig. "Er tjänare tackar allra ödmjukast för ers höghets oändliga vänlighet..."

Med det så tänkte Lixue fly. Som sagt, inte för att hon var rädd. Hon kände nog snarast att hon inte hade något behov av att stå och "småprata" med Kejsaren, och tillfälle att träna, det skulle hon nog inte få nu heller.

"Om det inte var något annat bör er tjänare gå och lägga sig nu" Lixue neg djupt och gjorde sig beredd på att gå, men blev stoppad av Kejsaren.

"Kanske lite sent för att öva på att skjuta pil" anmärkte han.

Lixue vände sig om och log lugnt. "Står det inte skrivet, ers höghet, att det inte finns någon bättre tid än nuet?"

Cheng-Gong log. "Bra talat. Det står också skrivet, att den man som bemödar sig, han ska bli belönad. Och övning ger färdighet. Om du lyckas träffa mitt i prick på första försöket ska du få...?" Cheng-Gong såg sig omkring. När han inte kunde hitta något av värde, snabbt nog, tog han av sina guldörhängen och höll fram dem. Han höll menande upp örhängena.

"Ers höghet, kunde er tjänare träffa mitt i prick skulle hon inte behöva öva."

"Det kostar inget att försöka" svarade Cheng-Gong. Han böjde sig sen ner och tog upp pilbågen och korgen med pilar. Han räckte dem sen till Lixue. Han gav henne ett uppmuntrande leende.

Lixue tog så lugnt hon kunde emot pilarna. Även om hon utåt sätt var lugn som en filbunke var hennes inre i uppror. Hon sa till sitt hjärta att lugna ner sig. Vad var det värsta som kunde hända? Att hon inte ens träffade tavlan. Vad skulle det i så fall spela för roll? Efter att hon tänkt över det hela kände sig Lixue nu lugn på riktigt. Hon drog en pil ur korgen, lade den mot bågen och spände sakta bågsträngen. Hon fixerade återigen på målen och ännu en gång dök bilden upp av en mörkhyad, skäggig man, iklädd en vit tunika och med en rödrutig sjal omvirad runt huvudet framför henne. Hon skakade lätt på huvudet och bilden försvann. Bakom henne stod Kejsaren otåligt och såg på. Hon kunde inte dra ut på det här för länge. Utan att riktigt anstränga sig ordentligt släppte Lixue pilen och såg den snabbt som ögat flyga mot sitt mål. Den träffade tavlan, men var ändå långt från målet.

Lixue vände sig mot Kejsaren. Hon ryckte lite ursäktande på axlarna. "Som min herre ser behöver er tjänare verkligen öva."

Utan att tänka sig för gick Cheng-Gong fram till Lixue. "Du håller inte bågen rätt och ditt sikte är inte det bästa. Vänta så ska jag visa dig." Cheng-Gong ställde sig bakom Lixue, lade en arm om hennes midja och den andra ovanpå hennes hand. Den hand som höll i bågen.

Lixue kunde inte låta bli att rycka till när hon kände Kejsarens arm om sin midja. Hon drog ett djupt andetag och försökte göra sitt bästa för att hålla sig lugn. Bakom sig hörde hon Yun Xia flämta högt. Hon vände huvudet i hans riktning. Det resulterade i att hon slog ansiktet i Kejsarens bröstkorg. Den var varm, hård och fast mot hennes kind. Lixue skyndade sig att vrida på sitt huvud, men det var redan för sent. Hon hade redan känt hans doft. Hon hade hört att det inte fanns någon som luktade bättre än Kejsaren och det visade sig vara sant. Som Kejsare erhöll han dom bästa parfymerna, oljorna och rökelserna. Hans doft var verkligen en klass för sig.

Lixue blundade för ett ögonblick och drog in hans doft innan hon kom på sig själv. Då öppnade hon snabbt ögonen och inom sig bannade hon sig själv. Men det var redan för sent. Kroppen hade börjat pirra och visa tecken på känslor som länge varit borta. Tänk att han är din bror, sa hon sig gång på gång, men hjärtat ville inte låta sig lugnas. Det slog som harens i munnen på räven.

Om Kejsaren märkt något av detta var det inget han visade. En varm andedräkt mot hennes öra väckte Lixue ur sina drömmar. Det var Kejsaren, som instruerade henne hur hon skulle hålla bågen och hur hon skulle sikta.

Cheng-Gong tackade högre makter för att hans röst lät normal. Fysisk attraktion, tänkte han och knep ofrivilligt ihop låren. Han kände skam. Hon var ju bara en tjänare. Men inte tillräckligt med skam för att stå emot den underbara känslan av hennes kropp mot hans. Hennes kurvor och hennes doft. Den välbekanta doften av lotus samt hennes hjärtslag mot hans rygg. Kände hon på samma sätt? Vad hindrade honom från att ta med henne till sin kammare här och nu och göra henne till sin? Han var ändå Kejsare. Hans ord var lag. Han skulle få kritik, men mer än så skulle ingen våga göra. Ingen kunde stoppa honom. Ja, han behövde bara kasta upp henne i sin famn och bära iväg henne till sin säng. Bilden av hennes förmodade ansikte dök upp inför hans inre och han hejdade sig. Hur kunde han vara säker på att lusten inte skulle försvinna så fort han såg hennes ansikte. Vilken skam det skulle vara för henne om han lämnade henne halvnaken i sängen. För ful för att göra till sin, men ändå en riktig kvinna. Och en kvinna behövde skydda sitt rykte och anseende. Han påminde sig också om att han inte var något djur. Han kunde kontrollera sina lustar. Det skulle inte vara värt det att få en sådan som hon till konkubin. En sådan som hon passade bättre som tjänare. Han avbröts ur sina tankar av hennes ljuva röst.

"Är det bra såhär, ers höghet?" undrade hon.

Cheng-Gong var tvungen att samla sig innan han kunde prata. Han drog ett djupt andetag.

"Ja, det är bra", han tackade återigen högre makter för att hans röst lät så stadig.

Med hjälp av Kejsaren satte Lixue sen sin första mittprickare. Hon hoppade högt av glädje. Det här var ju inte så svårt, kunde hon inte låta bli att tänka lite malligt. Känslan av att projektilen träffade sitt mål kändes så välbekant. Även om hon inte trodde att hon skjutit pilbåge förut, så hade hon i alla fall avfyrat något sorts vapen. Men vilket vapen det var, kunde hon inte sätta fingret på. Hon hade i alla fall inte sett något sådant under dessa tre år som gått.

"Har du skjutit pilbåge många gånger förut?" undrade Cheng-Gong. Förvånad över att det gick så lätt för henne. Han hade inte behövt hjälpa till mycket innan hon satt pilen mitt i prick.

Lixue skakade på huvudet. "Nej, det här är första gången." Det var ingen lögn. Lixue trodde faktiskt att det var första gången.

"Otroligt! Du är verkligen en ren naturbegåvning. Du har mitt tillstånd att öva närhelst du vill och hur mycket du vill. Men säg mig var fick du pilen och bågen ifrån?"

Lixue visste att det var lika med döden om man blev påkommen med att ljuga för Kejsaren, men hon struntade i det. "Jag hittade de här i närheten. Någon av soldaterna måste ha glömt att ställa in dem vid dagens slut."

Cheng-Gong nickade förstående och bestämde sig för att tillrättavisa chefen för palatssoldaterna i morgon. Så oförståndigt att låta ett vapen ligga så där vind för våg. Vem som helst skulle ju kunna ta det och skada någon, om inte sig själv.

Lixue fortsatte att öva och satte snart flera pilar mitt i prick och nu utan Kejsarens hjälp. Men Kejsaren stod ändå kvar och fortsatte att se på när hon sköt. Han gladdes med henne och sköt själv flera pilar. Utan att veta om det började de tävla. Cheng-Gong hade aldrig trott att han skulle tävla pilbåge med en tjänare, än mera med en kvinnlig sådan. Men av någon anledning kände han sig tvungen att hävda sin manlighet och visa vad han gick för.

När han för sjunde pilen i rad träffat mitt i prick vände han sig mot Lixue och log malligt.

Yun xia tröttnade på att vänta och satte sig ner på marken med bena i kors. Snart somnade han med huvudet vilandes i händerna medan hans herre roade sig kungligt.

Lixue hade riktigt roligt. Det var roligt att tävla med Kejsaren och trots att hon var långt ifrån lika bra som han, kände hon sig ändå inte underlägsen. Hon var istället själv imponerad över hur bra hon lyckades skjuta, med tanke på att det troligen var första gången hon gjorde det. Lixue var också tacksam för att Kejsaren nu verkade hålla sitt avstånd. Han hade inte stått närmare henne än en meter den senaste timmen och Lixue var mycket tacksam för det. Hon litade inte på sig själv i hans sällskap. Hon skämdes för att hennes hjärta slog så hårt och hennes kropp pirrade så våldsamt. Lixue hade ingen rätt att känna som hon gjorde för Kejsaren. Inte bara för att hon var en tjänare och han Kejsaren, utan också för att han var, eller skulle i alla fall bli, Li Nas äkta man. Och Inte Lixues äkta man!

När hon återigen låg i sängen en stund senare lovade hon sig själv att hon skulle hålla Kejsaren på avstånd. I alla fall så gott hon kunde. Cheng-Gong hade också svårt att sova i sin enorma säng. Men det snarare för att hans kropp brann av återhållna känslor. En känsla Cheng-Gong absolut inte var van vid. Ändå visste han att det så måste förbli. Innan han somnade gav han sig ett löfte att hålla sig borta från tjänarinnan Lixue och hennes inbjudande kropp.

*

Kapitel 11

Katt och råtta

Lixue och Li Na hade övat varje dag fram tills det var dags att resa. Det var alltid en stor företeelse när Kejsaren skulle jaga. Över ett hundratal tjänare följde med och ungefär hälften så många av Kejsarens söner, bröder, andra adelsmän följde också med och självklart alla brudkandidaterna. Det var dock inte alla av gästerna som skulle delta i jakten. Vissa följde bara med för sällskapets skull. Förutom det stora sällskapet hade man med sig en enorm mängd mat, porslin, olika förnödenheter, tält till alla och möbler till flera av tälten. Hela resan tog därför fyra dagar, när den annars bara skulle tagit en dag, skrittande på häst.

Själva skogen där man skulle jaga var enorm, flera gånger så stor som huvudstaden. Bredvid skogen bredde sig enorma vidsträckta slätter ut sig. Där bodde vanligtvis slättfolket. De hade en egen hövding, fursten Dang Bao Yang, men stod ändå under Qinga och Kejsare Cheng-Gongs lag och rike. En av brudkandidaterna, fröken Ai Yang var dotter till hövdingen. Det skapade en del avundsjuka mellan brudkandidaterna att Ai Yang var den enda av dem som fick träffa sin familj och vars familj fick möjlighet att direkt smöra för Kejsaren, och förhoppningsvis samla extra poäng.

Det tog sedan en halv dag innan man fått upp hela lägret. Lixue fick arbeta hårt för att få upp allting samtidigt som hon skulle se om alla sin frökens behov. Men hon var inte den enda som hade fullt upp. Det var inte en tjänare som gick med händerna tomma. Det var bestämt att följande kväll skulle gå till att vila och Lixue såg fram emot det. Nu var tjänarnas "vila" och adelsfolkets vila inte den samma. För adelsfolket betydde ordet vila verkligen vila medan för tjänarna betydde det bara lättare arbete. Men Lixue klagade inte. Hon var ganska van och tyckte om att ha mycket att göra. Hon hade gärna flera bollar i luften och var känd för att vara stresstålig. Det var därför flera av de andra tjänarna ofta kom till henne om de hade problem eller behövde hjälp. Lixue hjälpte gärna till så gott hon kunde. Li Na var stolt över Lixue för det och i hemlighet önskade hon att hon kunde vara mer som hon.

*

Shu Lan Wei hade pratat med de fyra andra av brudkandidaterna som skulle ställa upp i jakten. De var alla med på idén. Den som först fick tillfälle skulle döda Li Na Fei. Förutom att bli Kejsare Cheng-Gongs brud var det inget annat hon ville än att döda Li Na Fei. Shu Lan Wei var en duktig skytt och hade skjutit pil ända sedan hon var liten. Hon hade en god chans att vinna. Men hon valde att ge upp sin chans för att kunna döda Li Na Fei.

Shu Lan Wei var inte den enda som gick i sådana tankar. Prins Kuen, Kejsare Cheng-Gongs bror såg jakten som en ypperlig chans att en gång för alla döda sin bror. Han hade försökt förut, men misslyckats, men den här gången måtte det gå vägen. Han hade besökt templet varje dag den här veckan och bett och bett till högre makter att de skulle hjälpa honom. Det betydde inte att han lämnade allt till högre makter. Nej, han var väl förberedd. Han hade hyrt ett stort gäng brottslingar till sitt förfogande. Femton vältränade och målmedvetna män, som var villiga att gå i döden om det så skulle behövas.

Kuen hade låtit tillverka likadana pilar som hans kusins kusin Lao Sin Tur hade. När Kejsaren sen blev skjuten så var det kusinen som fick ta skulden. Lao Sin Tur var känd som en klumpig man och en ganska dålig skytt. Ingen skulle tycka det var konstigt att någon som han råkade skjuta Kejsaren. Men misslyckades lönnmördarna skjuta Kejsaren utav en eller annan anledning så skulle de gå till attack.

Den här gången fick Kuen inte misslyckas, tänkte han och spände käkarna.

*

I samband med soluppgången nästa morgon blåste huvudeunucken Guanting Song i jakthornet och tävlingen drog officiellt igång. Li Na Fei och Lixue var redan klara. Li Na hade också fått en häst, som alla andra, men eftersom hon inte kunde rida fick hon istället gå, tillsammans med Lixue.

Alla deltagare hade fått en speciell färg eller mönster på sin pil för att visa vem de tillhörde och Li Nas pilar var turkosrandiga. För ovanligheten skull var det inte tjänarna som bar på pilbågen och pilarna utan hans herre eller fröken som gjorde det. Det för att tävlingsdeltagaren skulle kunna få fram sina pilar och båge så snabbt som möjligt. Alla tjänarna hade inte så bra kondition och kunde lätt komma efter sin herre eller fröken. Den enda vars följeslagare också red var Kejsarens. Han behövde ha sina närmsta livvakter så nära som möjligt. Idag hade han bara valt att ta med två. Det för att inte skrämma djuren i onödan och komma fram bytesslös.

Så fort hornet slutat ljuda började Li Na Och Lixue skynda sig mot skogen. Lixue sprang bredvid. Lixue hade god kondition och hade än så länge inga svårigheter men det var värre för Li Na. Det fick stanna och ta pauser vid fler än ett tillfälle. Men Lixue bar också lättare kläder än Li Na och de två knivarna hon smugglat ner i skorna vägde inte mycket heller. Det skadade aldrig att vara förberedd. Vem vet vilka odjur de kunde stöta på i skogen?

*

Det tog ungefär två timmar innan det första odjuret dök upp. De hade vid det laget bara hunnit skjuta en hare. Odjuret satt i ett av träden och det var knappt så att Lixue såg henne först. Hon hade täckt över sin plommonlila klädnad med en svart rock. Men inte helt och Lixue kunde skymta den starka färgen under. Hon visste precis vem det var som lurade i trädet. Hon visste och hon reagerade omedelbart.

Chen Ya satt i ett träd och hade så gjort i över en timme. Hon hade väntat på att Li Na Fei skulle komma förbi så att hon kunde skjuta henne. Runt om i skogen satt flera av brudkandidaterna gömda i buskar och träd och väntade på rätt tillfälle. Och nu hade chansen kommit till Chen Ya. Hon spände sakta sin båge och koncentrerade sig hårt. Hon ville inte mista den här chansen. Skulle hon mot all förmodan missa skulle hon kasta av sig sin svarta klädnad, smyga ner från trädet, skynda sig till sin häst och rida fram till Li Na Fei och be om ursäkt. Säga att allt var en olycka och att hon var så ledsen. Hon skulle till och med försöka klämma fram en tår. Om Li Na Fei skulle tro henne eller ej spelade ingen roll. Hon skulle med största sannolikhet vara död i alla fall innan slutet av jakten. För lyckades inte Chen Yu skulle någon av de andra göra det.

I sista sekund tog Lixue tag i LI Na och drog ner mot sig, ner mot marken. Li Na ramlade med en duns över Lixue.

"Spring och göm dig bakom ett träd", viskade Lixue under Li Na. Li Na var så chockad att hon inte kom för sig att göra något. Lixue skyndade sig då att putta bort Li Na och resa sig upp.

"Spring och göm dig", vädjade hon. Hon hjälpte upp Li Na på fötterna igen samtidigt som hon gjorde sitt bästa för att blockera Li Na med sin kropp. Skulle någon dö så skulle det vara hon, tänkte hon.

Li Na vaknade upp ur sin chock och började springa mot ett av träden samtidigt som Lixue sträckte sig mot pilbågen och pilarna som hon i all hast tappat på marken. När Lixue bara någon sekund senare vänt sig och spänt bågen var Chen Yu redan borta. Lixue släppte bågen och skyndade sig fram till sin fröken.

"Är du okej?" flämtade Lixue.

Li Na började snyfta. "Ja, jag är okej", viskade hon med bruten röst. Lixue sträckte då fram ena handen och torkade bort tårarna från hennes ansikte.

"Det är okej nu. Du är säker nu. Ingen ska få göra dig illa", viskade Lixue och klappade Li Na över håret.

"Förlåt mig så hemskt mycket!"

Rösten kom bakom dem och både Lixue och Li Na skyndade sig att se åt röstens håll. Rösten tillhörde Chen Yu. Hon red fram till dem och hoppade sen av sin häst. Hon bad återigen om ursäkt.

"Det var en olycka, fröken Fei. Jag är så hemskt, hemskt ledsen. Men vilken tur att din tjänarinna fanns där för att hjälpa dig. Vem vet vad som hade hänt annars?" beklagade Chen Yu sig med tillgjord röst.

"Du hade dödat mig annars!" skrek Li Na anklagande.

Chen Yu upprepade återigen att det var en olycka. Men Li Na ville inte lyssna. Hon skakade av ilska. Tänk att någon just försökt döda henne, tanken gjorde henne dessutom rädd. Hon skulle just till att skrika något fult till Chen Yu när Lixue stoppade henne.

"Det var säkert bara en olycka", låtsades Lixue hålla med Chen Yu. Li Na såg förvånat på henne.

"Ja", höll Chen Yu med. "Jag är verkligen så hemskt ledsen." Hon klämde fram en tår.

Inom sig gnisslade Lixue tänder när hon såg det, men hon fortsatte att se lugn ut. De hade inga bevis mot Chen Yu och fastän Lixue sett Chen Yus plommonlila klädnad skulle ingen tro henne eftersom hon var tjänare. Det var bättre om de lät det hela vara och var försiktigare i framtiden. Kanske skulle de gå ur tävlingen helt.

Efter att Chen Yu ridit iväg vände sig Lixue mot sin fröken.

"Vi vet både du och jag, att det inte var en olycka. Men det finns inget vi kan göra åt det just nu. Jag tror att det är bättre om vi lägger ner den här tävlingen och återvänder till lägret på en gång."

"Tycker du vi ska ge upp?" undrade Li Na. Hon tyckte inte att det lät som något Lixue skulle säga. Och hon hade rätt. Om det bara gällt Lixue skulle hon aldrig gett upp. Hon skulle modigt möta fienden. Men nu gällde saken inte henne utan Li Nas säkerhet. Hur skulle hon kunna återvända och se sin herre doktor Fei i ögonen om något hände Li Na.

"Ja, det tycker jag", sa Lixue. Li Na nickade och fällde återigen en tår. Hela den här upplevelsen hade varit för mycket för henne. Hon ville tillbaka till tältet, slänga sig på sin madrass och låta Lixue sjunga en vaggvisa för henne, alltmedan hon själv lät tårarna rinna. Lixue torkade återigen Li Nas kind med sin hand och log uppmuntrande mot henne. Men hon kunde inte låta bli att förmana henne.

"Vi måste vara mycket försiktiga nu. Vem vet vilka fler odjur som väntar oss i skogen."

Li Na nickade. Lixue hjälpte tog sen Li Nas hand i sin. Lixue behöll också kogret och bågen nära utifall hon skulle behöva det. Tillsammans skyndade de sig sen tillbaka till lägret. DE hade tur för de stötte inte på några fler odjur. Så fort de närmade sig lägret kunde Lixue lugna ner sitt bultade hjärta och släppa lite på allt adrenalin som flödade i kroppen. Hon släppte också taget om Li Nas hand och skyndade sig att gå några steg bakom henne den korta biten som var innan de äntligen var framme vid deras tält som låg i lägret.

Kapitel 12

En erfaren krigare

Det dröjde inte länge innan de fick syn på Kejsaren och hans två livvakter. Li Na satte då av och började prata med Kejsaren. Li Na och Lixue hade lovat varandra, att de inte skulle berätta för någon om det som hänt tidigare i skogen. När Kejsaren undrade hur jakten gått, berättade Li Na att hon bara hunnit skjuta en hare, men att hon börjat känna sig dålig och tänkte därför avsluta tävlandet och bege sig tillbaka till lägret. Hon undrade om hon hade Kejsarens tillåtelse. Kejsaren hade inget emot det. Han hade inte trott att fröken LI Na Fei skulle vinna i alla fall. Men det sa han inte.

Stunden innan Li Na blivit attackerad hade Lixue fått en speciell känsla. Det hade varit en kufisk känsla, som hade spridit sig längs hennes hud och fått håren på armar och ben att resa sig, likt en solros mot solen. En känsla som fick henne att tänka på en miljon magiska lampor som alla blinkade rött. Hon fick nu samma känsla. Hon såg sig iakttagande om, och där bland träden fick hon se en pilspets glimma till. Hon slets mellan önskan att skydda sin fröken och önskan att skydda den högste i hela riket - Kejsaren. Men efter noga överväganden, överväganden som inte tagit mer än någon sekund - hade hon kommit fram till att det måste vara Kejsaren som var deras mål. Utan att vänta en mikro sekund till skrek hon varnande: "Vi är under attack!" och drog ner Kejsaren från hästen så att han föll över henne på marken. Inte igen, kunde hon inte låta bli att tänka. Bara någon sekund senare flög en pil förbi. Det hade varit på håret att han klarade sig. Hans livvakter skyndade sig att ställa sig i en ring runt honom med svärden dragna i högsta hugg.

Den plötsliga tyngden av Kejsarens kropp fick henne för att ögonblick att tappa andan. Hon skyndade sig att vrida på huvudet och hostade lätt. Lixue var inte riktigt bekväm med situationen och kände till sin stora harm hur kinderna snabbt blossade upp. Hela situationen kändes intim. Som tur var satt slöjan över ögonen väldigt säkert, inte ens det plötsliga fallet fick den att flyga upp och avslöja hennes genans. Lixue var tvungen att göra något.

"Är ers höghet oskadd?" skyndade Lixue sig att fråga. Hon visste inte om det var för att hans tyngd eller känslan av hans kropp tätt mot hennes som fick henne att låta så ansträngd.

Cheng-Gong vaknade då upp. Han hade stirrat lite för intensivt på tjänaren under honom och skyndade sig nu att vända bort sin blick och snabbt ta sig upp på fötter igen. En av hans livvakter skyndade sig att hjälpa honom, men Cheng-Gong sköt bort hans hand. Cheng-Gong skyndade sig att borsta av sina kläder.

"Är ers höghet oskadd?" upprepade en av hans livvakter.

Cheng-Gong harklade sig lite och försäkrade sen alla om att han var oskadd. Han gjorde sitt bästa för att inte se på Lixue när hon reste sig och borstade av sina kläder hon med. Han hoppades för allt i världen inte att hon känt hur attraherad han var av henne. Han besvärades fortfarande av sin reaktion, men gjorde sitt bästa för att inte låtsas om det. Om hans livvakter såg hur det var fatt med honom sa dom i alla fall inget.

Men de hade inte tid att lägga märke till sådant. Plötsligt omringades hela sällskapet av femton mörkklädda män. Både livvakterna och Cheng-Gong gjorde sig genast beredda på strid. De drog sina svärd och snart mötte svärdsklinga svärdsklinga.

Lixue skyndade fram till sin chockade fröken. "Ta skydd bakom ett träd", bad Lixue och kramade lätt om Li Nas axlar. Li Na gjorde genast som Lixue sa. Lixue skyndade sig därefter att dra fram de båda knivarna hon tidigare gömt i sina skor och gav sig sedan in i striden.

Efter det gick allt mest på automatik. Lixue hade bara en dunkande tanke i huvudet; att skydda Li Na Fei. Inte ens när hon med några snabba rörelser hade snittat halsen på en av motståndarna stannade hon upp och tänkte på vad hon egentligen gjorde. Smidig som en gasell och livsfarlig som ett lejon undvek hon gång på gång sina fienders svärd, samtidigt som hon gav dem slag på slag med sina knivar. Med pricksäkra rörelser, som bara erfarenhet kunde ge, dödade hon fiende på fiende.

Lixues uppenbara expertis drog åt sig Cheng-Gongs och hans livvakters blickar. Cheng-Gong stannade upp i en rörelse och såg storögd på när Lixue hoppade upp på en av fiendens rygg och snabbt skar halsen av honom. Han bytte snabbt blick med en av sina livvakter. De båda insåg samma sak. Li Na Feis mystiska tjänare Lixue, var en tränad krigare. Hon hade dödat förut.

Lixue var så inne i sitt. Hon hade färdats flera år tillbaka i tiden. Till en tid då varje dag hade varit på helspänn. När varje dag kunde vara ens sista. När varje dag var en dag då man kunde få hålla en kamrats döda kropp i sina armar. En tid full av oskyldiga människors lidande, fiendens grymhet och ständig blodsutgjutelse. Hennes hjärna kanske inte mindes, men det gjorde hennes kropp.

Fiende på fiende miste livet, antingen av Cheng-Gong och hans livvakters svärd eller av Lixues snabba knivar. Snart återstod bara en. När Lixue, blodtörstig och fokuserad tänkte döda även honom, stoppades hon av Cheng-Gongs svärd.

"Han är mer värd för oss levande än död. Vi kan behöva hans kunskap", sa Cheng-Gong.

Lixue stannade då förvirrat upp och blinkade några gånger. Det tog några sekunder innan hon vaknade upp. Hon såg sig om och såg alla blodiga kroppar som låg på marken. Li Na! tänkte Lixue och skyndade sig att se sig om efter sin fröken. Hon måste också ha sagt hennes namn högt för Li Na klev med nervösa steg fram bakom ett träd.

Sakta insåg Lixue att det var hon som dödat flera av männen som låg på marken. Insikten gjorde henne förvirrad och ångerfull. Det var knappt så att hon förstod hur det gått till. Var hade hon lärt sig att slåss så? Och varför kändes det inte främmande att ta en annan människas liv?

*

En stund senare befann sig den sista fienden på knä på marken. Hans händer var bundna bakom ryggen och hans vapen och mask låg slängda en bit ifrån. Cheng-Gongs svärd vilade mot hans strupe.

Man Li andades häftigt. Han visste redan att han inte hade många sekunder kvar att leva. Men under de sekunderna tänkte han ändå vara trogen. Han visste, att om inte Kejsarens dödade honom skulle hans herre göra det. Han hade haft rätt. För bara någon sekund senare fick han syn på en figur i skuggorna. Han skulle nu dö. Han kunde inte låta bli att le bittert. Han sände en tanke till sin gravida fru Jia Huan Li och deras tvåårige son Bo Li. Han tänkte på hur hans fru samma morgon bett honom att lämna sin herre. De kunde ta sitt pick och pack och lämna staden samma dag, hade hon sagt. Han hade inte lyssnat. Han hade valt sin herre framför sin fru och sitt barn. Ett beslut han nu ångrade bittert. Han hade väl aldrig trott att Kejsaren skulle undkomma hans och hans kamraters pilar och svärd.

"Vem är din herre?!" krävde Cheng-Gong på nytt att få veta. Han undrade förbryllat varför mannen framför honom log. Insåg han inte vidden av situationen? Cheng-Gong insåg sanningen sekunden senare när mannen slöt sina ögon som om han insåg att slutet nu var här. Cheng-Gong hann inte mer än se sig om innan en pil träffade mannens hjärta, och han föll ihop i en hög på marken.

Cheng-Gongs livvakter skyndade sig att ta stridsställning och Lixue drog återigen sina knivar.

"Där!" pekade Lixue på en figur bland buskagen. Figuren insåg att han blivit upptäckt och skyndade sig att ta till flykten.

"Ska jag följa efter honom, ers höghet?" undrade en av Cheng-Gongs livvakter. Cheng-Gong nickade och livvakten satte upp på sin häst och skyndade sig efter figuren.

Cheng-Gong gick sen och tog upp pilen som satt i marken. Den hade samma mönster som Kejsarens kusin kusins Lao Sin Turs pilar hade. Låg Lao Sin Tur verkligen bakom anfallet? undrade han. Han trodde inte att hans kusins kusin var kapabel till något sådant, men var ändå tvungen att undersöka saken.

Trots att livvakten varit så snabb och hade fördelen att
sitta till häst, hade fienden visat sig vara lika listig som
en räv och kommit undan.

*

Efter attacken bestämde Cheng-Gong för att ge upp
tävlingen. Det var inte för att han var rädd. Han var
istället förnuftig. Han visste vilket enormt ansvar som
vilade på hans axlar. Han kunde inte äventyra sitt liv
för en tävlings skull. Hur gärna han än ville vinna. Han
befallde också sina livvakter, fröken Li Na Fei och
tjänarinnan Lixue, att de inte skulle berätta för någon
om anfallet. Efter att de gett honom sina löften begav
de sig alla tillbaka till lägret. Men för att inte väcka
skvaller tog de olika vägar. Väl tillbaka i lägret samlade
han sina närmsta soldater och befallde dem alla att de
skulle vara extra vaksamma, men för den skull inte
väcka uppståndelse. Cheng-Gong bestämde sig också
för att sova med en dolk under kudden under resten
av veckan. Han var inte den enda som tagit det
beslutet. Lixue som för övrigt sov på golvet nedanför
sin frökens madrass lade också en dolk under
huvudkudden.

Senare samma kväll tillkännagavs vinnaren. Det var en
av Cheng-Gongs halvbröder, Ru Tai Ju som vunnit. Som
vinnare fick han en önskan uppfylld av Kejsaren. Till sin
mors och ambitiösa systers stora förtret önskade han
att få gifta sig med en av hans tjänarinnor. Han fick sin
önskan uppfylld.

I hemlighet blev också Lixue och Li Na belönade för att de hjälpt Kejsaren. Li Nas familj blev belönad med guld, smycken och dyrbara klädnader.

*

Kapitel 13

Blåa tänder

Det hade varit en jobbig resa på många sätt och både Lixue och Li Na hade sovit dåligt. Det var inte bara för att Lixue var rädd för ännu en attack som hon haft svårt att sova. När hon väl sov möttes hon av mardrömmar. Mardrömmar om död, blod och skrik.

Även om Lixue bevisat både för sig själv och andra att hon verkligen kunde hantera en kniv tyckte hon ändå att det bästa vore om hon lärde sig att hantera ett svärd också. Hon berättade om det för Li Na som genast hyrde en lärare till Lixue. Lixue påbörjade genast träningen.

*

Följande vecka kallade huvudeunucken Guanting Song alla kvarvarande brudkandidater. Alla brudkandidater radade sedan upp sig framför Guanting Song. Bakom dem stod var och ens personliga tjänarinna. Lixue stod med lätt nedböjt huvud och fingrarna knäppta framför magen, så som var brukligt för alla tjänare.

Guanting Song visade att det var dags att öppna den kejserliga kungörelsen och genast gick samtliga andra i rummet ned på knä. Det för att visa sin respekt för Kejsaren och hans påbud. Så fort alla satt sig ner på knä började han rulla ut dekretet. Han harklade sig och började sedan med stadig röst läsa Kejsarens ord.

"Det fjärde provet kommer att hållas om tre dagar från och med nu. Varje brudkandidat kommer att skickas in en och en i ett rum där ett fjärde prov väntar. Provets resultat kommer att tillkännages senare samma dag." Guanting Song gjorde en paus och kollade så att alla följde med. Han fick då se hur en av brudkandidaterna, Ai Yang, räckte upp ena handen för att ställa en fråga.

"Ja, lilla fröken Yang?" sa Guanting Song med len röst. Ai Yang var en ovanligt söt flicka och kom från en väldigt fin familj. Och om det var något Guanting Song var duktig på, så var det att fjäska för de fina och förnäma.

"Måste man gå in ensam? Kan man inte få ha med sin personliga tjänarinna? Jag kan inte gå någonstans utan min Mi Ma Li." Ai Yang såg leende ned på sin tjänarinna. Mi Ma Li log genast tillbaka.

Det var något speciellt med deras leenden, tänkte Lixue utan att kunna sätta fingret på vad det var. Hade de någon elak plan i tankarna? undrade hon. Hon bestämde sig för att inte fundera mer och skakade bildligt talat på huvudet. Precis som fröken Ai Yang ville Lixue också veta svaret på den frågan. Hon ville, precis som Mi Ma Li följa med sin fröken in i det hemliga rummet där nästa prov skulle hållas. Inte för att hon var rädd för att något skulle hända Li Na, utan för att hon tyvärr måste erkänna, hur elakt det än må låta, att fröken Li Na Fei varken presterade bra under stress eller var särskilt duktig på gåtor.

"Ja, fröken Yang. Det är tillåtet att ha med sin tjänarinna som stöd." Guanting Song log inställsamt.

Guanting Song fortsatte därefter att läsa upp det kejserliga dekretet, som bland annat berättade vilken tid provet skulle hållas, att ingen förberedelse krävdes och att man fick ha med sin personliga tjänarinna om man ville. Sist men inte minst berättade han, att alla som inte klarade provet skulle få åka hem. Det var inte bara en den här gången. Det hördes upprörda flämtningar om vartannat i rummet. Lixue kände av sin frökens nervositet och tog tag i hennes hand hon hade bakom ryggen. I hennes handflata skrev hon sedan med sitt finger orden "Var inte orolig. Jag är med dig". Li Na kramade om Lixues hand till svar.

*

Li Na gick med nervösa steg in i det mörka rummet. Hon var den tredje att besöka rummet. Solen hade gått ner för en timme sedan och tunga sammetsgardiner hängde för fönstren. Den enda ljuskällan var några få piedestaler med ljus, som stod runt ett fyrkantigt bord i mitten av rummet. Bredvid bordet stod Guanting Song och på bordet stod två bägare. En i guld med rubin-och diamantinfattningar och den andra i silver med smaragd och diamantinfattningar.

Lixue gick strax bakom sin fröken. Hennes ögon anpassade sig snabbt till det dunkla rummet. Hon såg att det var ett vackert dekorerat rum. Med vackra möbler i mörk ek och valnöt. Stora och dyrbara vaser stod lite varstans i rummet. På ett långt smalt bord stod en drake i jade, en kruka i alabaster och en tallrik i guld uppställda på en ställning. Snett bakom tallriken stod en enkel bägare i trä. Lixue rynkade pannan. Det var en sådan som tjänare drack ur. Hon höll tillbaka ett leende. Hur osannolikt det än kunde tyckas vara, måste någon av tjänarna glömt eller kanske gömt den där. Hon undrade var stroppiga Guanting Song skulle säga om han såg den. Hon fortsatte att se sig om i rummet och såg ytterligare dyrbara dekorationer och vackert snidade möbler. Där slutade hennes iakttagelser och hennes uppmärksamhet riktades mot Guanting Song, som just öppnat munnen för att berätta mer om det fjärde provet. Han gjorde en gest mot de två bägarna som stod på bordet framför dem och sa:

"Fröken Fei ska nu välja rätt bägare. En innehåller vin, resterande innehåller färgat vatten. Väljer ni rätt går ni vidare i tävlingen och väljer ni fel får ni färgade tänder i en vecka. Ni får inte röra bägaren eller smaka på innehållet. Den bägare ni rör, är den ni väljer", började Guanting Song berätta.

En tjänare som stod en bit bakom honom räckte honom sedan ett timglas. Han fortsatte sedan: "Timglaset är exakt tio minuter. Det är den tiden ni har på er. Er tid har nu börjat. Välj noga!" Han ställde därefter timglaset upp och ner på bordet och genast började sanden rinna i glaset.

"Silver" sa Li Na. "Det måste vara silver. Guld är dyrbarare och därmed för uppenbart. De flesta skulle nog välja guld", fortsatte hon.

"Jag är inte säker på att det är så lätt", tänkte Lixue högt. Hon fick då en tillrättavisning av Guanting Song. Hon hade inte tillåtelse att tala eller påverka sin fröken att vinna. Det verkade som om allt hängde på Li Na nu. Lixue kände hur inälvorna brusade inom henne av oro. Hon visste hur mycket Kejsaren betydde för sin fröken och hur otroligt nedstämd Li Na skulle bli om hon var tvungen att åka.

Li Na rynkade pannan. "Det är femtio procents chans att svaret är rätt. Det är bara att chansa. Det kan inte vara meningen att man ska kunna lista ut vad som är rätt", tänkte Li Na högt.

Nej, så kunde det väl ändå inte vara. Det måste finnas något sätt. Tänk! Tänk! Tänk nu Li Na! Upprepade Lixue inom sig. Som om hennes tankar på något sätt skulle nå Li Nas huvud. Det verkade det också göra för Li Na ändrade sig mitt i en rörelse. Hon mindes plötsligt ett gammalt talesätt.

"Men å andra sidan", sa hon och kom att tänka på ett gammalt Qinganskt talesätt. "Det heter ju 'Inget pryder en kvinnas huvud så mycket som guld'. Så då måste det vara guld som är svaret ändå", fortsatte hon.

Li Na velade. Hon ville så gärna stanna kvar i tävlingen. Nej, rättare sagt, hon ville så gärna vinna tävlingen. Hon ville bli Kejsarens brud. Om hon åkte ut skulle hon inte få gifta sig med Kejsaren och då skulle hennes hjärta brista. Då kunde hon lika gärna dö, tänkte hon nedstämt.

Silver, guld, silver, guld, orden upprepades om och om inom Lixue. Det kunde inte vara slumpen som avgjorde om de klarade sig eller inte. Det måste finnas något sätt att veta. Tankspritt tog sig ögonen ytterligare en tur genom rummet och hennes blick fastnade på bägaren i trä som stod bakom tallriken av guld. Nej, inte kunde det väl vara så? tänkte hon och fixerade träbägaren med blicken. En inre röst skrek att det måste vara så. Det måste vara träbägaren som var svaret. Det var som hon tidigare tänkt inte sannolikt att en tjänare skulle ha tagit med sig en bägare från köket, gått till just det här rummet och gömt sin bägare bakom en guldtallrik. Den var också ställd så att den gick att se från platsen där både Li Na, Lixue och huvudeunucken Guanting Song stod. Skulle någon tjänare verkligen riskera Guanting Songs vrede för att ställa en bägare där? Hon fick bita sig i tungan för att inte skratta högt. Hon hade svaret. Nu måste hon bara berätta det för sin fröken.

Diskret, mycket diskret rörde hon lätt vid Li Nas rygg. Li Na var inte sämre än att hon förstod att Lixue hade löst problemet. Hon satte nonchalant händerna bakom ryggen och låtsades fundera. Hon sa högt, inte för Lixues skull utan för syns skull: "Hm, vilken ska jag välja?"

Lixue väntade några sekunder innan hon försiktigt sträckte fram sin hand. När hon såg att ingen verkade märka något skrev hon svaret i Li Nas hand. Li Na följde Lixues instruktioner och såg sig diskret åt sidan och fick precis som Lixue sagt, mycket riktigt syn på en enkel bägare i trä. Hon kramade om Lixues hand bakom sin rygg och visade att hon förstått. Hon låtsades sen se sig noga om i rummet. Hennes blick fastnade på bägaren och den här gången var det inget diskret med hennes sätt. Det var uppenbart för alla tjänare och Guanting Song att hon fått syn på träbägaren. Han såg besviken ut. Han måste ha hoppats, att hon inte skulle klara provet. Hon log tillfredsställt och gick sedan med självsäkra steg fram till bordet som stod i mörkret en bit bort. Med stadig hand sträckte hon ut handen och greppade tag i bägaren. Hon stannade till en sekund och fick se att all uppmärksamhet var riktad mot henne. Lixue log mot henne och Li Na log tillbaka. Hon förde sedan bägaren till munnen. Nu var stundens tid kommen. Hon tog sedan en stadig klunk. Smaken av ett fylligt sött vin smekte tunga, gom och tänder och följde sedan hennes strupe ner i magen. Hon hade klarat det.

*

Senare samma kväll hade alla brudkandidaterna fått göra sitt val i det mörka rummet. Det var bara tre som klarat provet. Den första och därmed också vinnaren hade varit fröken Ai Yang. Den andra som klarat provet var Li Na Fei. Guanting suckade djupt. Den flickan verkade vara en sten i skon som han inte kunde få bort. Han ville för allt i världen inte att hon skulle vinna. Hon var förvisso vacker. Bland de vackraste av brudkandidaterna, men hon saknade både stamtavla och pengar. Hon gynnade på inget sätt Kejsaren eller riket. Han tröstade sig med att hon i alla fall inte vunnit.

Den sista som klarat provet var Shu Lan Wei. Och det bara efter att Guanting diskret pekat i riktning mot träbägaren. Det efter att tiden nästan var slut och han tvivlat på att hon skulle svara rätt. Han hade tänkt hjälpa henne tidigare, men haft för många ögon riktade på sg. I sista sekund hade han låtsas tappa sitt långa jadehalsband i golvet. De små jadekulorna hade då flugit all världens väg och när alla tjänare i rummet varit upptagna med att leta efter kulorna hade han pekat på träbägaren. När Guanting lämnade rummet en stund senare visste han att en belöning väntade på

honom i rummet. Han undrade hur mycket han skulle
få den här gången.

Shu Lan Wei visste redan innan att han hejade på
henne, och det var inte första gången Guanting hjälpt
henne. Hon hade varit uppmärksam på honom under
hela provet och hon hade inte blivit besviken. Hon
visste, att hon inte skulle vinna. Men bara inte Li Na Fei
vann igen så var hon nöjd. Hon skulle vinna proven
som var kvar. Med Guanting Songs hjälp skulle hon till
slut bli Kejsarens brud.

*

Så Li Na Fei hade klarat ytterligare en tävling. Det var
oväntat, tänkte Cheng-Gong när han låg i sin säng
senare den natten. Det var bara tre brudkandidater
kvar och slutet närmade sig. I den här tävlingen hade
sju brudkandidater fått blåa tänder och åka ut. Dessa
var Schun Hui, Jingyi Tu, Su An Fang, Xinyi Zhihao, Juan
Kun, Jia Da och Chen Ya. Det måste ha varit en svår
tävling, tänkte han. Han undrade, om han skulle ha
klarat det om han inte visste svaret. Men kom snart
självsäkert fram till att han skulle ha klarat det
utmärkt. Att han skulle varit snabbare än någon av de
andra. Cheng-Gong var inte den som led av dåligt
självförtroende.

Han vred på sig i sängen och funderade över de tre
brudkandidaterna som var kvar. Fröken Ai Yang hade
vunnit. Hon var en mycket söt flicka och hon kom

också från en fin familj. Ett utmärkt val. Men ville han gifta sig med henne? Kunde han se henne som kejsarinna över Qinga. Nej, det kunde han inte. Sen var det fröken Li Na Fei. Det var nästan så att han föredrog henne när han tänkte över alternativen. Det faktum att hon också räddat honom när han drunknat borde egentligen vara nog för att han skulle välja henne. Hennes far dr Heng Fei, hade dessutom räddat livet på honom ytterligare en gång. Hade hon kommit från en bättre familj eller haft en större förmögenhet hade hon varit hans självklara val från början. Det var bara ett litet problem. Han kände ännu ingen direkt attraktion till henne. Han kände inte som han kände mot hennes tjänare Lixue. Han skakade på huvudet och tvingade sig själv att inte fundera över henne ännu en natt.

Sist, men inte minst var det fröken Shu Lan Wei. Det var henne många av hans rådgivare och hans huvudeunuck Guanting Song ville att han skulle gifta sig med. Hon var den mest förmögna av alla kandidater och dotter till generalen. Hennes far hade dessutom varit trogen länge, både honom och hans salige far. Men Cheng-Gong visste att under ytan var general Wei en man med ambitioner. Med sin dotter på tronen skulle han säkerligen försöka påverka Cheng-Gong genom henne och få Cheng-Gong att följa general Weis vilja. Han skulle inte lyckas naturligtvis, men maktspelet och de eviga manipulationsförsöken skulle vara uttröttande i längden. Ville han verkligen ha den distraktionen? Nej, det ville han inte. Han kom så fram till att den han mest av allt önskade skulle vinna var fröken Li Na Fei.

*

Kapitel 14

Som en dans

Lixue stod och övade fäktning en solig morgon två veckor senare när Kejsaren var ute och tog sin morgonpromenad. Han fick syn på Lixue och styrde då omedvetet stegen dit. Han lade märke till hur lätt svärdet såg ut i hennes hand och med vilken smidighet hon svingade den. Han var imponerad. Främst för att hon var en kvinna och förde sig med sådan elegans och skicklighet, men också för att hon var en simpel tjänarinna. Plötsligt råkade han lägga märke till att hans personliga eunuck Yun Xia såg på Lixue med samma fascination som han. Det fick Cheng-Gong att själv vakna upp ur transen. Han skakade på huvudet och fortsatte sen mot Lixue och hennes tränare.

Lixue höll just på att svinga ett slag mot svärdsmästare Bo Da Yongs huvud, när hon i ögonvrån fick syn på Kejsare Cheng-Gong. Hon stannade genast mitt i rörelsen, vände sig mot Kejsaren och föll ner på knä. Hon skyndade sig att trycka huvudet mot marken samtidigt som hon hälsade:

"Lycka och ära leve Kejsaren. Må han leva för oöverskådliga tider!"

Hennes svärdsmästare följde hennes exempel. På grund av sin något högre rang behövde han inte lägga huvudet mot gräset, utan det räckte med att han böjde lätt på huvudet.

"Lycka och ära leve Kejsaren. Må han leva för oöverskådliga tider!" hälsade Bo Da Yong. Han följde också det sedvanliga exemplet att knyta sina händer högt i luften framför sig, samtidig som han hälsade.

Kejsaren visade med en gest att de båda kunde resa sig. De båda skyndade sig att tacka Kejsaren och reste sig sedan upp.

"Jag ser att träningen går framåt." Han vände sig mot mästare Bo Da Yong och fortsatte: "Det måste vara första gången du tränar en kvinna."

Mästare Bo Da Yongs kinder färgades långsamt röda. Han undrade om Kejsaren känt till hans motvilja mot att träna en kvinna och därtill en simpel tjänarinna som Lixue. Om det inte vore för att han blivit erbjuden en så stor summa pengar, hade han aldrig tackat ja. Det var nästan så att han inte gjorde den ändå. Tyvärr led hans fru av häftiga huvudvärksanfall. En sjukdom som var lika underlig som den var dyr. Varje gång hon fick anfallet spydde hon och var tvungen att ligga till sängs. Anfallen kom plötsligt och utan förvarning. Hittills hade han konsulterat mer än ett dussin läkare, men ingen hade kunnat hjälpa henne. Han behövde de här pengarna. Som tur var, hade det inte varit så illa att träna en kvinna som han trott. Denna tjänarinna, denna kvinna, Lixue, hade visat sig vara både duglig och lättlärd. Hon verkade vara mycket van med aktuella närstridsvapen, så som bland annat svärd, dolkar och spjut. Han måste erkänna att hans uppskattning för Lixue växt under de två veckor som gått, sedan hon först började sin träning. De tränade två timmar varje morgon och hon hade kommit flera tusen gånger längre på den här tiden än vad han förväntat sig. Det mycket för att han inte förväntat sig något alls från henne. Han vaknade upp ur sina tankar av att eunucken Yun Xia harklade sig lätt. Han såg du upp och fick se Kejsaren otåligt stampa med ena foten. Han hade visst glömt att svara Kejsaren.

"Ers kejserliga höghet har så rätt. Det är sannerligen första gången jag tränar en kvinna." Bo Da Yong sneglade lätt på Lixue. Men han kunde inte utläsa några känslor i hennes ansikte. Hon såg helt nollställd ut.

"Och hur tycker du att det går? frågade Kejsaren.

Bo Da Yong såg återigen på Lixue innan han svarade. Han förväntade sig att hon skulle vara nyfiken på hans svar, men fann att hon hade samma uttryck i ansiktet som tidigare.

"Jag är imponerad. Er slavinna är mycket duglig och lättlärd... *Om jag inte visste bättre skulle jag tro att hon redan var skolad*", svarade Bo Da Yong. Det sista sa han något tystare, men Cheng-Gong lyckades ändå uppfatta vad han sa.

Cheng-Gong var inte förvånad. Han som redan sett hennes stridskunskaper och smidiga kropp i aktion. Han kunde inte låta bli att undra över hennes bakgrund. Hur kom det sig att hon kunde slåss så? Han tänkte på vad dr Heng Fei berättat för honom för flera månader sedan. Hur han berättat att hans dotter hittat Lixue en snöig dag tre år tidigare, och att hon då inte haft något minne av vem hon var eller var hon kom ifrån. Han undrade om hon återfått något av sitt minne sedan dess? Om hon numera visste varför hon kunde slåss? Det var det han var mest nyfiken på. Hennes stridskunskaper hade oroat hans livvakter mycket. De hade alla varnat honom för henne.

"Vem vet var hon kommer ifrån eller vilka hennes avsikter är?" hade de sagt. "Hur kan vi vara säkra på att hon inte anfaller och dödar ers höghet i sömnen, ers höghet?" hade de fortsatt.

Cheng-Gong hade då lugnat ner dem. Han hade påmint dem om, att det faktiskt varit hon som hittat honom i skogen alla dessa månader tidigare och tagit med honom till dr Heng Fei. De hade inte riktigt nöjt sig med det, men lät sig ändå övertalas. Han var ju Kejsare. Vad hade de att sätta emot Kejsaren?

Cheng-Gong undrade återigen över hennes stridskunskaper. Över hur pass duktig hon var? Kunde hennes kunskaper mäta sig med någon av hans livvakter eller soldater? Han trodde nästan det. Men kunde hennes kunskaper mäta sig med hans? Cheng-

Gong fick något okynnigt i ögonen och vände sig mot Lixue. Det var som vanligt svårt att lista ut vad hon tänkte. Han önskade återigen att han kunde se hennes ögon.

"Lixue" sa han med sin härliga mörka röst.

Lixue vände upp huvudet mot honom och hade han kunnat se hennes ögon hade han sett att de såg rakt in i hans. Hon nickade och visade att hon hört honom.

"Låt oss se hur mycket du lärt dig på dessa veckor?" började han. Han sträckte ut handen mot mästare Bo Da Youngs träningssvärd. Bo Da Yong skyndade sig att räcka honom sitt svärd. Yun Xia skyndade sig att protestera.

"Men ers kejserliga höghet tänk om ni blir skadad!"

"Du menar alltså att du tror att Lixue här är bättre än jag, din Kejsare?" frågade Cheng-Gong Yun Xia. Hans ord var hårda och fick Yun Xia att krypa ihop.

Yun Xia skyndade sig genast att förneka det. "Inte alls min herre. Aldrig att en simpel tjänarinna skulle slå min herre? Jag menar bara att det inte är lämpligt..." började han, men avbröt sig när han fick se Kejsarens hårda blick. Han böjde sig ner och började genast ursäkta sig.

"Var inte orolig, Yun. Jag är inte arg. Men tala aldrig om för mig igen vad jag får och inte får göra. Är det förstått?" sa Cheng-Gong. Yun Xia skyndade sig att nicka ivrigt och lovade gång på gång att inte sticka upp näsan igen. Cheng-Gong vände sig mot Lixue.

"Är du redo?" frågade han.

Lixue nickade och log busigt. "Ja, jag är redo. Men är du redo, ers höghet?"

Cheng-Gong log brett och befallde sedan Bo Da Yong och Yun Xia att flytta på sig och göra plats för honom och Lixue. De gjorde genast som han sa. Vanligtvis brukar en svärdsduell börja med att de båda deltagarna bugade sig för varandra, men eftersom den ena deltagaren var Kejsare och den andra bara en simpel tjänarinna följdes inte den seden i det här fallet.

"Jag ger dig tillåtelse att börja attackera mig. Ja, gör ditt bästa och håll inte tillbaka", sa Cheng-Gong och höjde sitt svärd mot Lixue.

Lixue nickade och attackerade honom sedan så snabbt hon kunde. Så snabbt att Cheng-Gong inte var beredd och hans svärd föll ur händerna på honom. Lixue log kaxigt.

"0-1."

Under tiden Cheng-Gong skämdes över att han låtit sig förlora så lätt, sprang Yun Xia och hämtade hans svärd. Han spände käkarna hårt av harm och räknade tyst till tio. Han påminde sig om att det här bara var början.

"Jag var inte beredd" ursäktade han sig.

"Ja, hans kungliga höghet var inte beredd. Den första poängen räknas inte." sköt Yun Xia in.

"Inte tänker väl, ers kejserliga höghet fuska?" svarade Lixue retsamt. Yun Xia fick då en hotfull blick för att han lagt sig i.

"Det gör inget om du råkade få det första poänget. Det kan jag bjuda på, så att du slipper springa hem gråtandes sen för att du förlorade så hårt", svarade Cheng-Gong lika retsamt tillbaka. Han visste inte var han fick denna lekfullhet ifrån.

Lixue kunde inte hålla tillbaka ett högt skratt. Skulle hon springa hem gråtandes? Skulle inte tro det? tänkte hon.

Cheng-Gong kände hur hjärtat slog över ett slag vid ljudet av hennes klingande skratt. Han hade aldrig sett eller hört henne skratta förut och när hon gjorde det förvandlades hennes ansikte. Ett par söta skrattgropar poppade fram, kinderna blev rosiga och munnen visade en jämn tandrad med ovanligt vita tänder.

"En garde!" log Lixue.

En garde? Vad betydde det undrade Cheng-Gong. Han rynkade pannan. Lixue såg hans förvirring.

"Det betyder inta försvarsställning", förklarade Lixue. Hon kunde inte låta bli att undra hur det kom sig att hon själv kände till det ordet.

Cheng-Gong nickade och visade att han förstått.

"Är ers höghet beredd nu då?" undrade Lixue lika retsamt som tidigare.

Yun Xia var förfärad över att en simpel tjänare kunde tilltala rikets härskare på ett sådant sätt, men Cheng-Gong var bara road. Han fann det till och med uppfriskande. Han undrade hur det kom sig? Hade någon annan tilltalat honom som Lixue gjorde, hade han nog inte uppskattat det lika mycket. Samtidigt började det samlas fler och fler folk runt omkring dem. Det var tjänare och eunucker som alla var nyfikna på vad som försiggick.

Cheng-Gong följde Lixues exempel. "En garde!" sa han och attackerade.

Lixue mötte snabbt hans slag. Hon kontrade med ett själv. Cheng-Gong skyndade sig att skydda sina ben från Lixue slag. Snart började en intensiv match. Lixue hade inga svårigheter med att hålla tempo med Cheng-Gong. Men det berodde också lite på att Cheng-Gong höll tillbaka. Han uppskattade deras fight för mycket för att vilja avsluta den så fort. Dessutom var han rädd för att skada henne. Det även om det inte var några riktiga svärd de fäktades med utan oslipade träningssvärd.

Lixue fick upp flåset och kämpade sitt allra yttersta. Hon insåg mycket väl att hon egentligen inte var någon direkt match för Cheng-Gong, och att han till och med höll tillbaka för att inte skada henne, men det hindrade henne inte ifrån att göra sitt allra bästa. Hon tänkte att hon en dag, med mera träning kanske skulle lyckas mäta sig med Kejsaren. Ovetandes om att Cheng-Gong hade samma tanke.

Snart rann svetten på de båda och upphetsningen var så skarp att den gick att ta på. Det var som att de dansade. Hit och dit flög deras kroppar i perfekt harmoni. Men till slut blev det ändå Cheng-Gong som vann. Med några snabba, kraftfulla rörelser fick han ner Lixue på knä med svärdet mot strupen.

"Du är död", sa Cheng-Gong.

Lixue höll resignerat upp händerna. "Ja, ers höghet vann och er slavinna förlorade", flåsade Lixue. Hon var egentligen tacksam över att matchen slutat. Inte för att hon var trött eller så, utan snarare för att hon var rädd att knutarna som höll fast hennes slöja skulle gå upp. Hon reste sig upp, neg och kontrollerade sedan snabbt knutarna. De satt som de skulle. Hon kunde inte låta bli att le. Hon tackade sedan för matchen, ursäktade sig och lämnade gräsmattan.

Kapitel 15

Onda planer

Ett rykte hade börjat cirkulera bland brudkandidaterna. Ett rykte som oroade Lixue. Det hade gått över två veckor sedan Su An Fang och flera av de andra brudkandidaterna åkt ut i den sista tävlingen. Ändå hade inte fröken Su An Fang åkt hem ännu. Faktum var, att hon hade stannat som om ingenting hade hänt, och till råga på det hade hon under dessa två veckor fått mottaga en mängd fina och dyrbara presenter från Kejsaren. Ryktet gick nu att tävlingarna skulle läggas ner för Kejsaren hade redan bestämt sig för att välja fröken Su An Fang, och det var därför han nu överöste henne med presenter. Om ryktet stämde och Li Na Fei fick åka hem utan sitt pris, Kejsaren, hur skulle hon då ta det? Det var inte bara oron för sin fröken som störde Lixue. Det var något annat. En obekant och förvirrande klump hade också dykt upp i magen på Lixue, Den hade satt sig bredvid oron för Li Na och störde Lixue så mycket, att hon fick svårt att fokusera på verkligheten. Vad var det med att Kejsaren skulle gifta sig som störde henne, förutom att det skulle göra Li Na ledsen? Hade hon fått förbjudna känslor för rikets härskare?

"Lixue... Lixue..." kom det otåligt från Fei Fei som arbetade i köket. Fei Fei hade inte varit riktigt klar med fröken Li Na Feis mat när Lixue kommit för att hämta den. Riset hade inte riktigt varit klart eftersom hennes kollega, klumpiga Mei Ling, glömt sätta på det i tid. Nu var det i alla fall klart och stod på brickan med de andra smårätterna som utgjorde Li Na Feis frukost, ändå hade Lixue ännu inte lyft brickan och gått iväg.

Nej, inte kunde hon vara så förmäten att hon vågade ha känslor för den högste i hela riket? För han som satts av gudarna på draktronen för att härska över hela Qinga. Om så nu verkligen var fallet, vad hade hon som en enkel tjänarinna för rätt att hoppas och längta efter honom? Om han nu bortsåg för det uppenbara, för att en förening mellan de två skulle vara omöjlig på grund av de olika klasser de tillhörde, så skulle det också göra hennes fröken förtvivlad. Kärleken Li Na kände för Kejsaren var långt större än vad hon känt för någon annan man tidigare. Det hade varit tillfällen då Lixue fått anstränga sig rejält för att trösta Li Na efter att någon av hennes förälskelser tagit slut. Och det hade ändå bara varit just det; förälskelser.

När Lixue fortfarande inte svarade utan fortsatte att stå och dagdrömma, kände sig Fei Fei tvungen att höja rösten.

"Lixue!" skrek hon.

Lixue vaknade upp ur sina funderingar. Hon fick syn på den färdiga brickan med mat och log lite ursäktande till Fei Fei och skyndade sig att tacka henne. Innan hon lämnade rummet med brickan tackade hon ännu en gång.

Klumpen i magen var kvar, men den övertäcktes nu av rutiner och dagssysslor. Den gjorde sig inte påmind förrän senare den eftermiddagen när Li Na och Lixue stötte på Su An Fang i trädgården. Hon bar förutom dyra kläder och smycken ett mycket överlägset leende i ansiktet. Skulle någon våga fråga Su An Fang rätt ut, om Kejsaren redan valt henne, skulle svaret definitivt vara ja. Det leendet och blicken som följde med det, var det enda som behövdes för att Li Na skulle brista ut i gråt så fort Su An Fang försvunnit ur synhåll.

"Det är inte lönt!" klagade hon mellan tårarna. "Det finns ingen chans i världen att Kejsare Cheng-Gong väljer mig nu. Åh, Lixue vad ska jag ta mig till? Om Kejsare Cheng-Gong gifter sig med fröken Su An Fang vet jag inte om jag vill leva längre!" utbrast hon dramatiskt och satte sig ner i en stol. En tung suck undslapp hennes rosafärgade läppar.

De hade kommit till en paviljong gjord av finaste körsbärsträ och i mitten av paviljongen stod ett bord och fyra stolar. Eftersom de inte kunde se en endaste själ i närheten tog sig Lixue friheten att sätta sig på stolen mittemot.

"Du behöver bara säga ja, och jag går genast och kidnappar Kejsaren, drar med honom långt ut i skogen och in i en grotta, tvingar honom att gifta sig med dig och sen lever vi resten av våra liv tillsammans i den där grottan", sa Lixue allvarligt, även om hennes ord givetvis var menat på skoj. Det förstod också Li Na för hennes mun sprack upp i ett försiktigt litet leende.

"Åh Lixue, du är för knasig. Vad skulle jag göra utan dig?"

Lixue sträckte fram sina händer över bordet mot Li Nas. Li Na skyndade sig att möta den med sina. Lixue tryckte uppmuntrande Li Nas händer

"Och mig kommer du alltid att ha", lovade Lixue.

*

Lixue och Li Na Fei var inte de enda som hört ryktet om Su An Fang. Shu Lan Wei hade gnisslat tänder hela dagen. Hade hon inte haft så bra tandhygie,n som hon hade, hade tänderna blivit flera mm kortare den här dagen. Och det hade blivit en glipa mellan tänderna när hon bet ihop. Men gnisslat tänderna var inte det enda hon gjort den dagen. I huvudet var det fullt av onda planer, varav alla var riktade mot fröken Su An Fang. Shu Lan Wei tänkte minsann inte låta en liten slinka som Su An Fang få gifta sig med Kejsaren och ta, vad som borde vara hennes plats, vid hans sida. Hon lovade sig själv att innan veckan var slut skulle Su An Fang vara eliminerad.

Hon avbröts ur sina tankar av att hennes tjänarinna sprang in i rummet och påkallade hennes uppmärksamhet.

"Vad är det?! Varför för du ett sådant oväsen?" skrek Shu Lan ilsket och höjde handen för slå sin tjänarinna. Men tjänarinnan skyndade att ta till orda och avbröt sin fröken.

"Fröken Su An Fang har hittats förgiftad i sitt rum. En läkare sköter om henne just i detta nuet. Det är oklart om hon kommer att klara sig."

"Vad!" utbrast Shu lan högt. Vem var det som hunnit före henne?

*

Dagen efter bars fröken Su An Fangs kropp, övertäckt med ett lakan, ut från palatset och upp i en vagn för att transporteras och begravas hemma i sin familjs familjegrav. Det var bara Kejsare Cheng-Gong och hans närmaste som visste om att fröken Su An Fang i själva verket inte var död. Hon hade blivit förgiftad, men klarat sig med nöd och näppe tack vare den kungliga läkaren Jian Wu. Eftersom Cheng-Gong redan räknat med att Su An Fang kunde bli förgiftad hade han bett Jian Wu att i förväg göra iordning flera olika motgifter. Om han inte gjort det är det troligt att Su An Fang inte skulle ha levt idag. Han var tacksam för hennes offer och hade belönat både henne och hennes familj rikligt för deras besvär. När tiden var inne och Cheng-Gong tagit fast den ansvarige kunde Su An Fang återgå till sitt vanliga liv och med tiden gifta sig. Fram till dess var hon tvungen att ligga lågt och fortsätta spela död.

Han medgav att det var en anings grymt att använda en av brudkandidaterna som en pjäs i den näst sista tävlingen. En tävling som bara han och hans närmaste kände till. Han hade räknat med att en av de tre resterande brudkandidaterna skulle göra något mot Su An Fang, om han lät ryktet cirkulera att hon var hans blivande brud och han överöste henne med presenter som ett bevis på det. Och han hade haft rätt. Det hade tagit mer än en vecka längre än vad han trott, men å andra sidan hade det varit ett gift, som var väldigt ovanligt och svårt att spåra som hon förgiftats av. Han hoppades nu bara att det inte skulle ta för lång tid innan han hittade den skyldige och kunde eliminera denne från tävlingen, och från sin ställning, och döma henne till ett kort liv i stadens fängelse.

*

Två dagar senare vaknade Li Na och Lixue av att en ström av soldater tog sig in i Li Nas turkosa rum och började leta igenom det.

"Vi har fått order om att genomsöka alla brudkandidaternas rum efter spår av gift" sa chefen för soldaterna.

Li Na kurade förfärat ihop sig i sängen och drog upp täcket ända till hakan. Till skillnad från Li Na var Lixue varken rädd eller förvånad över soldaternas plötsliga entré. Hon hade förutsett att Kejsaren skulle låta genomsöka deras rum. Om det nu verkligen var så att han tänkt gifta sig med Su An Fang var det troligt att han inte skulle sky några medel för att hitta den som dödat henne. Att låta genomsöka alla brudkandidaternas rum hade varit ett självklart val. Hon hade därför själv mutat flera av tjänarna som arbetade i området omkring att hålla ett öga på deras rum när de inte själva var där, för att se så att ingen planterade bevis emot dem. Hon hade också själv genomsökt rummet flera gånger under de senaste dagarna och sist hade varit för bara två timmar sedan, när hennes fröken Li Na fortfarande låg och sov. Hon var fullkomligt säker på att ingen planterat något i Li Nas rum.

"Lixue, jag är rädd", kom det tyst från sängen. Lixue skyndade då att krypa upp bredvid sin fröken och lägga armarna om henne i en tröstande kram.

Hela sökningen tog drygt en timme och vid det laget var hela rummet en enda röra. Lixue höll tillbaka en suck, när hon insåg hur mycket hon hade att städa.

"Vi har sökt igenom allt nu och vi hittade inget misstänksamt. Ni kan vara lugna", sa chefen för soldaterna och snart lämnade de alla rummet.

Som tur var behövde inte Lixue städa allt själv, utan fick hjälp av andra tjänarinnor som arbetade på palatset. Li Na försökte också hjälpa till, men hade ingen aning om var de mesta av sakerna hörde hemma.

*

I fröken Ai Yangs rum hittade man bevis för att det var hon som legat bakom förgiftningen av Su An Fang. En ångerfull fröken Ai Yang blev därefter släpad till en av fängelsehålorna som tillhörde palatset. Det eliminerade Ai Yang från tävlingen och nu återstod det bara två stycken. Det var fröken Li Na fei och fröken Shu Lan Wei. Cheng-Gong kom återigen på sig själv med att önska att Li Na Fei skulle vinna.

*

Kapitel 16

Den barmhärtige samariten

När Shu Lan Wei fick reda på att allt bara varit ett test och Kejsaren inte alls tänkt gifta sig med fröken Su An Fang, tackade hon sin lyckliga stjärna för att Ai Yang hunnit före henne och skadat Su An Fang. Hela episoden gjorde att Shu Lan också insåg att Kejsaren hade mer koll på brudkandidaterna än vad hon trott, och en säker källa hade dessutom talat om för henne att han fick dagliga rapporter om alla deras förehavanden. Hon hoppades för allt i världen att han inte visste, att hon själv bett en av sina tjänare at gå ut i skogen för att leta efter lite giftormar. En intet ont anande Su An Fang skulle sedan bli inlåst tillsammans med tio stycken giftiga kobror. Om det nu var så att Kejsaren kände till hennes plan, hade han i alla fall inte straffat henne för den.

Det svåra hade sedan varit att bli av med dessa giftormar. Speciellt eftersom en kobra kan leva upp till sex månader bara med huvudet kvar och avhuggen kropp. Till slut hade de blivit hackade i bitar och kastade bland avträdet. Men före det hade två av hennes tjänarinnor hunnit blivit bitna och Shu Lan hade varit tvungen att smuggla ut deras döda kroppar från palatset. Hon hade sedan sagt till alla att tjänarinnorna plötsligt blivit hemskickade till Wei residenset. Ingen hade tvivlat på henne. Och om det ändå gjort det hade dem varit för rädda för att göra något åt det.

Så stod fröken Shu Lan Wei och fröken Li Na Fei sida vid sida. Eftersom det var sista provet hade Kejsaren själv dykt upp för att berätta vad provet gick ut på. De var redan klara med alla hälsningsfraser och bugande och Kejsaren skulle just till att berätta om provet.

Kejsare Cheng-Gong satt på sin tron i det stora tronrummet. Nedanför honom, drygt en sju meter ifrån stod de båda brudkandidaterna. Hur de stod sa mycket om deras personlighet. Fröken Wei stod med högburet huvud, ett överlägset leende och ett par förföriska ögon. Hon andades klass och självsäkerhet. Hennes motpart å andra sidan hade svårt att stå still och vägde lätt med fötterna fram och tillbaka. Hon fumlade med sina händer och bet sig då och då i läppen.

Trots att de båda bar parfym var det ändå Li Nas doft han kände mest. Hans hjärna och näsa sorterade bort doften av liljor, ros och vanilj som omgav Shu Lan Wei och koncentrerade sig på den underbara doften av lotus. Hela hans kropp pirrade till och han fann sig själv återigen önska att Li Na Fei skulle vinna tävlingen och bli hans brud. Hon var för visso inte kejsarinna-material, men kunde kanske bli. Han skulle få anlita lärare som utbildade henne i religion, filosofi, förande och uppträdande.

Cheng-Gong harklade sig lätt.

"Sista provet är mycket enkelt. Ni behöver bara ta i till grannstaden Bo Ying Wai Si och hämtade 10 kastanjer från kastanjeträdet som växer mitt i staden. Den första som kommer tillbaka med tio kastanjer vinner sista tävlingen och får bli kejsarinna över hela Qinga. Alla tidigare vinster nollställs och det är den här tävlingen som avgör allt. Ni har till solnedgången på er." Cheng-Gong visade därefter med en gest att de kunde börja.

Hans gest verkade ha gått alla förbi för ingen rörde en fena. När sekunderna tickade förbi utan att någon rörde på sig, förtydligade Cheng-Gong:

"Sätt igång!"

Mer behövdes inte för att det skulle bli liv och rörelse i rummet. Li Na Fei spillde ingen tid och rusade ut ur rummet, tätt följd av sin tjänarinna Lixue. Shu Lan Wei som haft en bättre uppfostran skulle aldrig ha kommit på tanken att springa. Däremot gick hon snabbt. Så snabbt hennes fötter förmådde utan att det kunde kallas för att "springa".

*

Trots att Li Na sprungit ut ur rummet och inte Shu Lan Wei gjort det, ledde snart ändå Shu Lan Wei. Hon hade fördelen att hon inte var rädd för hästar och själv kunde rida och inte behövde ta en vagn. Li Na å andra sidan hade varit rädd för hästar och ännu räddare för att rida ända sedan hon var liten och en häst skenat iväg med henne, och hon ramlat från hästen. Hon hade dock gjort ett tappert försök att rida, men varit så rädd att hon darrat som ett asplöv. Hennes egen rädsla påverkade sedan också hästen och Lixue fick skynda sig att ta emot sin fröken när hon föll från hästens rygg.

"Vi får helt enkelt ta en vagn" sa Lixue. Li Na nickade och snart bar de av. Eftersom det inte var lämpligt att Lixue satt i samma vagn som sin härskarinna, kunde det betyda att hon skulle vara tvungen att springa bredvid. Men eftersom tiden var knapp och Li Na behövde att Lixue orkade hela resan och dessutom så fort som möjligt, fick Lixue sitta framme vid kusken.

Som tur var gick inte allt lätt för Shu Lan Wei heller. Halvvägs till Bo Ying Wai Si tappade hennes häst en sko. Hon försökte givetvis rida ändå. Sedan när betydde en hästs väl och ve mer än Fenixtronen för Shu Lan Wei. Tyvärr blev hästen öm efter bara några steg och Shu Lan fick sitta av. Som tur var hade hennes närmaste tjänarinna Ru Su också en häst. Men eftersom det vore absolut otänkbart att rida på samma häst som en tjänarinna, fick Ru Su självklart gå resten av vägen medan hennes härskarinna galopperade i förväg.

Galopperande på häst var det inte konstigt att Shu Lan Wei kom före Li Na Fei. Tyvärr hade hon i all sin hast lämnat sin tjänarinna. En tjänarinna som bar på alla redskap som behövdes för att ta ner kastanjerna från trädet. Att någon som Shu Lan Wei skulle klättra gick bara inte. Bröt hon en nagel var det en katastrof och någon förtjänade prygel som straff. Det spelade ingen roll om nageln gick av på grund av henne själv. Shu Lan stod därför handfallen inför det enorma kastanjeträdet. Men Shu Lan var inte dum. Bara för att Bo Ying Wai Si inte var lika stort som huvudstaden Da Dong betydde det inte att det fanns en rad disponibla fattiglappar som kunde hjälpa henne. Problemet var bara att dessa fattiglappar inte uppskattade att bli kallade för "fattiglappar". Shu Lan wei gjorde sig en mental bild av alla som vägrade att hjälpa henne, och bestämde att så snart hon blev Kejsarinna skulle huvuden ryka. Hon tänkte börja med en man som luktade riktigt illa.

Ru Su kom så dit bara en kort stund före Li Na Fei och Lixue. Snart var kampen i full gång. Ru Su och Lixue tävlade om vem som kunde få ner tio kastanjer på kortast tid. Bredvid Lixue stod Li Na och hejade.

"Du klarar det, Lixue", ropade hon och hoppade upp och ner av upphetsning.

Shu Lan fnös högt. Aldrig i livet att hon skulle heja på en simpel tjänarinna. Det borde istället vara Ru Su som hejade på henne över att hon fick stå där i solskenet alldeles själv, utan någon som höll ett parasoll över hennes huvud. Nu var Ru Su dock för upptagen för att heja på sin *stackars* härskarinna, men eftersom Shu

Lan Wei var en vänlig själ, bestämde hon sig för att inte låta prygla henne för det. Det kunde dock hända att hon bestämde att Ru Su inte fick någon middag. Det hela berodde givetvis på hur hon skötte sig resten av tävlingen.

"Och så tio! Jag har alla", ropade Lixue lyckligt. Hon skyndade sig fram till Li Na för att visa sin fångst. Li Na kastade sig lyckligt i hennes famn och gav henne en tacksam kram. Det var Lixue som fick avbryta kramen och påminna henne om tävlingen. Snart satt Li Na i vagnen igen och Lixue och kusken satt fram. Med ett enkelt piskrapp satte hästen igång.

Ru Su var klar inte långt efter, och så fort hon gett påsen med kastanjerna till Shu Lan Wei satte hon upp på sin häst och galopperade iväg.

Snart var Shu Lan ikapp Li Na Fei. Hon skulle just till att galoppera förbi vagnen när en man dök upp från ingenstans och skrämde hennes häst. Shu Lans far var general och han hade sedan tidigt lärt Shu Lan att rida. Hade hon inte varit en så skicklig ryttarinna hade hästens plötsliga stegring fått henne att ramla av.

Mannen var svårt skadad och blödde från huvud och mage. Han kunde knappt stå på benen och föll snart ihop i en hög framför Shu Lans häst.

"Snälla, hjälp mig", bad mannen.

Shu Lan skrattade högt och så fort hon fått ordning på hästen galopperade hon vidare. Hon skulle komma segrande ur den här tävlingen. Kosta vad det kosta ville. Vad spelade en smutsig tiggare för roll?

Lixue och kusken fick också syn på mannen. Kusken såg frågande på Lixue. Lixue gjorde tecken på honom att stanna.

"Fröken, det är en svårt skadad man här som behöver min hjälp. Det finns ingen tid att spilla, han behöver vård så fort som möjligt. Men jag vill för all del inte sinka dig. Släpp av mig här och låt kusken ta dig och kastanjerna till Kejsaren. Än finns det tid. "

Li Na sköt då bort träluckan som satt mellan kuskens plats och vagnen och såg på Lixue.

"Det är inte lönt. Shu Lan Wei är redan långt före mig. Och vad skulle jag göra utan dig? Dit du går, går jag."

Lixue ville ta sig tid och övertyga sin fröken om att fortsätta, men liv var på spel. Hon tryckte tacksamt Li Nas hand innan hon snabbt hoppade ner från vagnen och sprang fram till mannen. Han var fortfarande vid medvetande och såg tacksamt på henne.

Lixue inspekterade hans sår. Såret på huvudet var bara någon cm djupt, men eftersom det var på huvudet blödde det ändå ymnigt. Hon rev sönder sin ytterklädnad och förband mannens huvud. Såret på magen var desto värre. Såret behövde sys. Men innan hon kunde komma åt nål och tråd behövde hon stoppa även den blödningen. Resten av sin ytterklädnad band hon hårt om magen. Hon var fullt koncentrerad och skulle inte ha märkt om Li Na valt att ändå åka sin väg. Men nu var Li Na just så lojal som hon sagt sig vara. Hon stod troget bakom Lixue och väntade på att hon skulle bli klar.

Lixue och kusken hjälptes sedan åt att dra upp mannen och lägga honom i vagnen. Eftersom platsen fram på vagnen var för smal för tre personer måste en gå. Det vore otänkbart att lämna en osäker och oskyldig Li Na i mitten av en landsväg, och eftersom Lixue var den enda av de tre som hade medicinkunskaper var det självklart att hon skulle med. Så stackars tjugoåttaåriga Chang Bo fick gå resten av vägen. Han som led både av dålig kondition och benhinneinflammation, fick gå de fem km som var kvar innan han kom fram till Da Dong. Det hade han inte räknat med när han försov sig i morse och inte hann äta frukost. Med långsamma steg och kurrande mage gick han de resterande fem km innan han dramatiskt föll ihop på en stol hemma hos sin mamma. Hans sista ord ekade i rummet... "Maaat".

Lixue manade på hästen. Bredvid henne satt Li Na och höll ett krampaktigt tag i Lixues kläder. Hon hade aldrig suttit fram på en vagn förut och var inte van med det obekväma underlaget eller vinden som rufsade om hennes hår. Det var en envis hårslinga som envisades med att fasta i hennes mungipa. Men Li Na gjorde sitt bästa att vara stark. Hon insåg att nu inte var rätt tillfälle att be Lixue se efter hennes hår.

"Lixue..." började Li Na när hårslingan stört henne för femte gången.

Genast vred Lixue på huvudet och såg uppmärksamt på sin fröken. Hon försökte att inte visa hur stressad hon var. Det kändes som om hon bar skulden till alla deras problem. Hon var orolig för den skadade mannen. Hon var orolig för att de skulle förlora tävlingen och hon var orolig för vad hennes fröken skulle göra när det väl gick upp för henne att allt var slut, att hon inte skulle få bli Kejsarinna. Lixue hoppades för allt i världen att hon inte skulle få för sig att göra något dramatiskt, som att kasta sig i dammen. Lixue mindes en gång för tre år sedan när en av Li Nas tidigare förälskelser tagit slut. Då hade hon bestämt sig för att hoppa från en klippa. Lixue hade hindrat henne i sista sekunden. Och hennes tidigare förälskelser var just förälskelser, de gick ändå på inga vägar att jämföra med kärleken hon kände idag.

"Ja, fröken" svarade Lixue med ett vagt leende.

Li Na hade sett minspelet i sin vän ansikte och bestämde sig återigen för att det nog inte var rätt tillfälle att ta upp frågan om sitt problematiska hår nu. Hon skakade leende på huvudet och sa:

"Det var inget. När är vi framme förresten?"

Just som hon yttrade de sista orden dök Da Dongs majestätiska stadsmurar upp framför ögonen.

"Nu är det inte långt kvar", svarade Lixue. Hon manade på hästen ytterligare.

"Hur snabbt tror du att jag kan springa egentligen", gnäggade hästen. Ett piskrapp senare och han kunde springa ännu snabbare.

*

Man hade kunnat tro att alla problem skulle försvinna bara sällskapet kom till staden. Men där väntade bara nästa problem. Varken Lixue eller Li Na hade spenderat någon tid utanför palatsmurarna. Hade det inte varit för kusken Chang Bo hade de inte vetat vart de skulle ta vägen. Vem vet vart de hade dykt upp?

Så fort de kommit in i staden gick Lixue ner från staden och ställde sig i mitten av vägen.

"Vi har en svårt skadad man här. Är det någon som vet var det finns en läkare?" skrek hon. Ingen verkade bry sig om henne, så hon skrek på nytt.

"Finns det ingen läkare i närheten? Vi behöver hjälp!" Hennes röst var desperat.

Li Na kände av den trängda situationen och började genast gråta.

"Förlåt Lixue", grät hon. "Jag menar inte att gråta, det bara kommer", fortsatte hon.

Lixue skulle just till att slita tag i någon och kräva svar när en liten pojke gick fram till henne.

"Följ mig", viskade han och sprang snabbt iväg. Lixue och Li Na satte genast upp på vagnen igen och manade på hästen att följa efter pojken.

Li Na hade just lyckats sluta gråta när de äntligen kom fram till en doktor. Det var tur att Lixue varit så förutseende att hon tagit med sig pengar. Det var inte förrän doktorn fick syn på pengapåsen som han gick med på att hjälpa mannen.

*

Kapitel 17

Sista provet

Shu Lan hade kommit först. Hon fick hålla sig för att inte ge ifrån sig ett högt triumferande skratt. Hon hade vunnit. Kejsaren hade sagt att det spelade ingen roll vem som vunnit flest av de tidigare tävlingarna, det var denna tävling som avgjorde saken. Och det var den här tävlingen hon hade vunnit. Även om Kejsaren inte utsett henne till vinnare ännu, var hon ändå säker. Hon förstod att han bara väntade på att fröken Li Na Fei skulle komma innan han tillkännagav Shu Lan som vinnare. Ja, det var bara fråga om tid.

Hela hennes uppenbarelse strålade av triumf och lycka. Hon hade svårt att stå still och andhämtningen var upphetsad. Trots att det gått nästan två timmar sedan hon kom till tronrummet, och trots att Shu Lan var en kvinna som inte tyckte om att vänta, kunde inget förstöra hennes lycka. Vad var denna väntan emot all den makt och rikedom som skulle komma? Qinga var ett rikt land, det hade en välfylld skattkammare och en omfattande armé. Grannländerna fruktade alla Qingas makt. Och den som satt på draktronen eller som i hennes fall fenixtronen, eftersom hon var kvinna, skulle ha tillgång till all den strålglans och makt som omgav dess säte. Hennes far general Wu Wei hade varnat henne för att Kejsare Cheng-Gong inte skulle bli lätt att manipulera. Men Kejsaren var ändå en man och alla visste att en mans största svaghet var en kvinna. Det skulle inte dröja länge innan hon hade honom lindat kring sitt finger, och så fort hon fött honom en son skulle ingen kunna ta hennes plats.

Det var två timmar sedan fröken Shu Lan Wei kommit tillbaka och än syntes inte fröken Fei till. Cheng-Gong hade tröttnat på att vänta för länge sedan. Hans stackars rumpa hade domnat bort för länge sedan, men han var för stolt för att resa på sig när alla såg på och väcka sina trötta sätesmuskler. Han vände blicken mot fröken Shu Lan Wei. Han såg lyckan i fröken Shu Lan Weis ögon och det malliga draget hon hade kring munnen och var tvungen att själv dölja ett leende. Hon trodde att vinsten var så gott som klar, men föga visste hon. Spelet var inte avgjort än. Han hoppades bara att någon av de två kvarvarande brudkandidaterna klarat av det verkliga provet. Han hade ingen lust att hitta på ännu en tävling. Om sanningen skulle fram hade han tröttnat på hela spektaklet. Visst hade det haft sin tjusning i början med alla vackra damer som slogs om att bli hans, men i längden tog det bara en massa tid. Han hade heller inte känt att någon av brudkandidaterna verkligen var värdig att bli hans kejsarinna, men det var inget han kunde göra något åt nu. För att få slut på allt tjat från rådgivarna, statsmännen, inklusive hans mor Ning Rong och hans bästa vän Tao Tai hade han till sist gått med på att hålla dessa fåniga tävlingar. Och idag, månader senare hade äntligen dagen kommit då hans brud skulle väljas. Det skulle inte bli fröken Shu Lan Wei, det var något som var säkert. Men skulle det bli fröken Li Na Fei?

Tao Tai såg hur uttråkad hans vän var och gick för att reta honom lite extra. Tao var en av få människor som kunde behandla Cheng-Gong som en jämlike och vän. Det för att de praktiskt taget växt upp tillsammans och därmed känt varandra långt innan det blev bestämt att Cheng-Gong skulle bli Kejsare. Man skulle kunna tycka att Cheng-Gong inte borde vara så arrogant och ta sig själv på så stort allvar när det inte var bestämt att han skulle bli Kejsare för bara lite mer än tre år sedan. Eftersom Tao var Cheng-Gongs köttsliga kusin på sin faders sida hade han också haft rätt till titeln prins, så som Cheng-Gong. Men den titeln använde han sig oftast inte av. Till skillnad från Cheng- Gong som var van och förväntade sig att folk fjäskade för honom och behandlade honom som en *jätte bebis*, Taos ord, hade Tao en annan syn på livet. Hans far hade varit en i mängden av alla de söner som den förrförra Kejsaren Guo Huan Ju, Taos och Cheng-Gongs farfar, haft. En i mängden och gärna bortglömd. Istället för att bry sig om politik och ansvar hade han blivit en filosof och livsnjutare. Tao hade ärvt sin fars syn på livet.

Tao ställde sig bredvid sin vän, böjde sig ner och viskade: "Du ser inte särskilt road ut, min vän." Hade det bara varit de i rummet hade han också passat på att ge sin vän en dunk i ryggen. Men han visste att

Kejsare Cheng-Gong var en man som brydde sig mycket om vad folk tyckte och tänkte.

"Jag vet inte om jag ska vara glad eller besviken", viskade Cheng-Gong. "Det lutar åt att fröken Li Na Fei blir min brud. Och ja, hon är vacker, hon luktar gott och ärligt talat är jag attraherad av henne, men…" han pausade kort innan han fortsatte. "Tao du måste hålla med om att hon är en… en fjant."

Tao höll tillbaka ett skratt. "Det är sant att hon inte verkar vara den klokaste. Men sedan när har någon av oss haft ett stimulerande samtal med en kvinna som inte varit vår egen mor?"

Cheng-Gong kunde inte låta bli att le. "Så sant, min vän. Jag vet inte vad jag förväntade mig. Och det är väl att föredra en fjant och lipsill än en manipulerande liten häxa", avslutade Cheng-Gong och kastade en menande blick på fröken Shu Lan Wei. Shu Lan Wei besvarade hans blick innan hon utstuderat vände bort den och låtsades rodna. Vem trodde hon att hon lurade. Cheng-Gong visste precis vad hon gick för. Hade hon inte bara nyligen låtit hämta tio kobror från skogen? Vem visste vad hon skulle göra mot honom om de gifte sig. Han höll tillbaka en rysning.

"Ja, hon må vara en lipsill och fjant. Det är ett under att hon klarat sig så bra genom alla tävlingarna. Hon löste gåtan som ingenting och hade inga problem med att välja rätt bägare."

Cheng-Gong rynkade pannan. "Ja, visste jag inte bättre skulle jag tro att hon fick hjälp. Jag antar att det är mer till henne än vad som möter ögat. Kanske kommer hon att förvåna mig om och när hon väl blir min brud?"

"Får hjälp?" Tao såg förvånad ut. "Vem i hela världen skulle kunna hjälpt henne? Idag är första gången hon lämnat palatsets murar och de andra brudkandidaterna behandlade henne som avträde. Den enda hon umgåtts med är den där mystiska tjänarinnan hon har."

"Lixue", fyllde Cheng-Gong i. När hans vän såg frågande ut fyllde han i. "Tjänarinnan heter Lixue."

"Ja, just det. Det var hon som räddade dig när du blev attackerad vid Chang Huan templet för alla dessa månader sedan. Du tror väl inte att det kan vara hon som hjälpt fröken Fei?"

Cheng-Gong skrattade nästan högt. "Tao, hon är en tjänare. Hur smart kan hon va?"

Tao skrattade lite generat. Hur hade han kunnat tänka något så dumt. "Ja, du har rätt", erkände han. "Kanske låtsas bara fröken Fei vara fånig för att lura sina motståndare", tänkte Tao högt.

Cheng-Gong nickade eftertänksamt och skulle just till att svara när de stora portarna öppnades och Li Na Fei och hennes tjänarinna Lixue uppenbarade sig i dörröppningen. Genast reste Tao på sig och gick tillbaka till sin plats bredvid huvudeunucken Guanting Song.

Cheng-Gong såg sig om i rummet. Han letade efter skådespelaren Jian Xia. Det dröjde inte länge innan han fick se personen i fråga stå och vinka till honom bakom ett draperi. Han höll upp tummarna och genast visste Cheng-Gong vem som skulle bli hans brud.

Fröken Li Na Fei och Lixue föll på knä framför honom och alla andra i rummet följde deras exempel. Äntligen kunde Cheng-Gong resa på sig. Han passade på att vicka lite fram och tillbaka med rumpan under tiden alla stod med nedböjda huvuden. Det kändes skönt och Cheng-Gong gav ifrån sig en lättad suck. När väl känseln kommit tillbaka gav han alla tillåtelse att resa på sig. Han skulle just till att öppna munnen och tillkännage den verkliga vinnaren när fröken Fei förekom honom och sa:

"Er tjänare förtjänar att dö tusen gånger om. Jag menade inte att låta hans kungliga höghet vänta så länge. Jag accepterar mitt nederlag och ber er allra ödmjukast om förlåtelse". Li Na kunde inte hindra några få tårar från att vattna hennes rosiga kinder. Hon snörvlade lätt och hade svårt att se Kejsaren i ögonen. Hon ville sträcka ut handen mot Lixue för att få stöd, men vågade inte.

Lixue skämdes. Å vad hon skämdes. Hur kunde hon utsätta sin fröken för något sådant? Och samtidigt, hur stolt var hon inte över henne? Trots att hon visste vad som skulle komma hade hon inte tvekat att besöka tronrummet och själv höra Kejsaren säga att elaka Shu Lan Wei vunnit. Hon hade heller inte fått något känsloutbrott, mer än att hon släppt några få tårar. Kanske höll hennes fröken på att äntligen bli vuxen?

"Så bra att du vet det. Nå om jag nu kan få ta ordet?" Hans röst var sarkastisk och genast började Li Na rodna.

"Förlåt, förlåt mig så hemskt mycket..." började Li Na på nytt, men blev stoppad av Cheng-Gongs uträckta handflata.

"Kom hit Jian Xia!" befallde Cheng-Gong och genast klev den sårade mannen som Li Na och Lixue räddat, fram bakom ett draperi. Fröken Fei öppnade munnen av förvåning och Jian Xia kunde inte låta bli att le när han såg det.

När Guanting Song besökt honom för tre dagar sedan och gett honom hans uppdrag hade han först varit tveksam. Dels för att han aldrig behövt improvisera så förut när han agerade, och dels för att han faktiskt var tvungen att skada sig för att agerandet skulle verka äkta. Men det var inte var dag Kejsarens huvudeunuck besökte en och gav en ett jobb. Jian var heller inte dummare än att han förstod att det var lika med döden att inte acceptera uppdraget. Visst han blev skadad, men han fick i alla fall leva och belöningen gick inte heller av för hackor.

Inte långt efter att fröken Fei och fröken Wei gett sig av för att samla kastanjer hade också Jian lämnat sitt hem tillsammans med två soldater. Soldaterna hade sedan vid angiven plats slagit Jian i huvudet med en påk och knivhuggit honom i magen med en dolk lagom tills att de båda brudkandidaterna kom dit. Hade ingen av dem bestämt sig för att hjälpa honom hade de båda vakterna som väntade i närheten, fört honom tillbaka till Da Dong och läkaren som väntade.

"Men det är ju du!" kunde Li Na inte låta bli att utbrista.

Lixue rynkade pannan. Vad var det som pågick? Hade de blivit lurade? Hade allt bara varit ett…

"Test…" kom det från Chen-Gong. Han fortsatte: "Allt var bara ett test för att se vem av er som var mest medlidsam. Det var aldrig frågan om några kastanjer. Vad ska jag med kastanjer till?" han skrattade tyst för sig själv. "Nej, det hela handlade om honom", fortsatte Cheng-Gong och pekade på Jian Xia. "Med hjälp av skådespelaren Jian Xia avslöjade jag er sanna natur. Ond…" han kastade en blick på fröken Wei som genast rodnade av harm. "…eller god" fortsatte han och såg nu fröken Fei.

"Jag behöver väl egentligen inte säga det här, men jag gör det ändå. Skåda!" han räckte ut en hand mot Li Na Fei. "Er framtida kejsarinna, fröken Li Na Fei!"

Genast föll alla tjänare och tjänarinnor, eunucker, rådmän och familjemedlemmar ned på knä och böjde sig ner inför den blivande kejsarinna.

"Lycka och ära leve Kejsaren. Må han leva för oöverskådliga tider! Lycka och ära leve Kejsarinnan. Må hon leva för oöverskådliga tider!", ropade de alla med en mun. Ja, alla utom en bitter och arg Shu Lan och hennes tjänarinna Ru Su. Ru Su grät inombords, för hon visste att det väntade henne många piskrapp i kväll.

*

Kapitel 18

Fyrverkerier

Det blev bestämt att bröllopet mellan Kejsare Cheng-Gong Ju och fröken Li Na Fei skulle ske en månmånad från och med nu och hennes kröning skulle ske i samband med det. För att fira förlovningen hade Cheng-Gong utbringat en glädjens dag. En dag fylld av lek, musik och sång och mängder av vin. Förutom det hade Kejsaren köpt in hundratals fyrverkerier, varav alla skulle tändas vid midnatt.

Tyvärr hade Li Na redan börjat fira och det ordentligt. Kvällen innan hade hon badat i vin och dansat till levande musik. Hon och den nyktra Lixue hade haft så roligt. Speciellt Li Na. Hon hade dansat på bordet, lovsjungit månskenet och skålat med alla blommorna i trädgården. Lixue hade haft fullt upp med att hålla reda på henne. Men Li Nas lycka var också Lixues. Om det nu fanns något som ett tidigare liv så var hon säker på att de måste varit systrar. Nu var dessvärre Li Na inte särskilt lycklig. Hon låg i sängen med huvudet under täcket och med en kraftig baksmälla. Baksmällan hade dessutom utvecklats till en kraftig migrän och det fanns ingen huskur i världen som kunde stoppa en sådan. Li Na fick snällt ligga och pinas en dag som denna, en festivitetens dag.

Trots att Lixue gjorde allt hon kunde för att hjälpa sin fröken ville inte huvudvärken släppa. Flera timmar senare hade hon givit henne akupunktur runt huvudet, hon hade bryggt en kur på fänkål, ingefära, gurkmeja, chlorella och kamomill. Fänkålen och ingefäran hjälpte mot illamåendet, gurkmeja var antiinflammatorisk och hjälpte till mot smärtan, chlorellan hjälpte till att reparera kroppen från alkoholens skadliga inverkan och kamomillen lugnade ner kroppen och hjälpte den att återhämta sig. Inte nog med att hon fått en sådan dunderkur, Lixue hade också gett henne en djupverkande massage. Men trots en sådan fullskalig behandling hade ingenting hjälpt.

Li Na låg och halvslumrade till och från under hela dagen och det var inte förrän klockan började närma sig midnatt som hon kände sig något piggare. Genast hade hon Lixue vid sin sida.

"Hur är det min fröken?" undrade Lixue bekymrat.

Li Na nog svagt. "Jag får skylla mig själv som drack så mycket. Jag ska aldrig mer dricka!" förkunnade hon häftigt. Hennes lilla utbrott fick det åter att blixtra till i huvudet. Hon gav ifrån sig ett lågt stönande och föll tillbaka till kudden med en liten smäll.

Lixue höll tillbaka ett leende. Trots att hon tappat minnet var hon ändå säker på att det var något som de flesta brukade säga när de fick en kraftig baksmälla. Men det var inte särskilt många som brukade hålla det. Men det sa hon inte. Istället klappade hon sin fröken över huvudet och undrade om hon kände sig något bättre.

"Lite kanske", erkände Li Na. Hon såg sig om i rummet och fick se att det var alldeles mörkt utanför.

"Hur mycket är klockan?" undrade hon nyfiket.

"Hon är snart midnatt. Snart börjar fyrverkerierna. Tror du att du orkar titta?"

Li Na skakade på huvudet. "Nej, men Cheng-Gong har lovat att det kommer att komma fyrverkerier på vår bröllopsdag också. Jag kommer att få se det då. Men Lixue, har du sett fyrverkerier förut?"

Lixue rykte på axlarna. "Jag vet inte", erkände hon. "Jag kan inte minnas. Men jag tror att jag har det."

"Varför tar du inte och går och ser på fyrverkerierna?"

"Och lämnar dig ensam?" utbrast Lixue förfärat.

"Oroa dig inte. Jag klarar mig. Seså, iväg med dig. Du har redan missat alla dagens festiviteter på grund av mig. Inte ska du väl behöva missa finalen också."

När Lixue ännu inte var övertygad fortsatte Li Na att insistera. Det tog ytterligare någon minut innan hon lyckats övertala sin vän. Snart befann sig ändå Lixue uppe på ett av palatstaken.

Det var bara någon minut kvar till midnatt och Lixue hade redan ångrat sig. Hur illojal hade hon inte varit, som lämnat sin stackars fröken kvar själv? Hon gjorde sig beredd på att lämna den stora balkongen när hon stötte ihop med någon i dörröppningen. Hon tog automatiskt upp händerna, de mötte genast en bred, hård bringa. Hon gav ifrån sig ett chockat utrop och såg upp. Hennes ögon stirrade då in i Kejsare Cheng-Gongs gyllenbruna. Genast tog hon bort sina händer och föll ner på knä.

"Må er tjänare dö tusen gånger om", skyndade hon sig att säga.

Cheng-Gong skrattade. "Du är förlåten", sa han. Han visade därefter med en gest att hon skulle resa sig.

Lixue bugade lätt med huvudet innan hon reste sig.

"Är du på väg någonstans? Fyrverkerierna börjar ju snart."

Lixue såg förvånat upp mot Kejsaren. Hon tackade högre makter för att han inte kunde se hennes ögon och kindben. Hade han det, hade han kunnat se förvirringen i hennes ögon och en rosa rodnad på hennes kinder.

"Ja, jag skulle just till att gå."

"Stanna och se på fyrverkerierna med mig?" förvånade Cheng-Gong sig själv med att säga. Hade han inte bara fram till nyligen gjort sig stort besvär med att få sina eunucker och tjänare att lämna honom ifred så att han kunde se på fyrverkerierna i all ensamhet? Ändå, om han kände efter, så kändes tanken på att se fyrverkerierna med Lixue inte helt fel.

Hur tackar man nej till en Kejsare? Tänkte Lixue. Hon tvingade sig själv att le samtidigt som hon också tvingade sig själv att låta tacksam. "Tack så mycket ers höghet. Det vore en ära."

Cheng-Gong såg igenom hennes så kallade tacksamhet, men blev till sin förvåning inte arg. Roat drogs smilbanden upp. För att inte röja sin förnöjsamhet bytte han ämne samtidigt som de båda gick ut på balkongen igen. Hon gick fram till balkongräcket och lade händerna på det. Han gjorde henne sällskap och ställde sig bredvid henne.

"Har du sett fyrverkerier förut?" undrade han stilla.

Hon såg upp mot honom och månskenet fick hans ögon att lysa. Hon kände hur hjärtat tog ett skutt. Hade hon varit ensam hade hon lagt en hand över sitt bröst och räknat slagen. 120...122...123 hade hon då kunnat räkna.

"Eh..." hon harklade sig. "Jag vet faktiskt inte, ers höghet. Under de senaste tre åren har jag i alla fall inte sett något fyrverkeri, men om jag gjort det tidigare vet jag faktiskt inte."

"Nej, just det. Du har ju ingen aning om ditt tidigare liv. Minns du ingenting från ditt tidigare liv?"

Lixue rynkade pannan. "Ibland kommer det fragment" erkände hon. "Jag kan triggas av bilder, dofter och ljud." Just som hon sa det lystes himlen upp av gröna, röda och gula färger, de bildade alla ett vackert mönster.

Cheng-Gong svarade något men hon hörde inte vad han sa. Just som hon precis sagt hade det väldiga ljudet triggat något inom henne. När ytterligare ett fyrverkeri lyfte upp himlen snördes hennes hjärta ihop ytterligare. Hon fick svårt att andas och blev allt blekare.

"Ers höghet, jag…" fick hon krampaktigt fram innan hon föll ner på knä. Hon höll sig uppe bara genom viljekraft och fingrarna som höll i räcket blev vita av ansträngning.

Cheng-Gong förstod inte vad det var som pågick. Han kände sig rådvill och förvirrad. Utan att göra något såg han på medan Lixue våndades nedanför honom. Han såg hur hon andades tungt och stötvis och undrade stilla om hon inte blivit förgiftad. Vad kunde han göra? Hur kunde han hjälpa henne? Han sträckte ut händerna mot henne, men hejdade sig.

*

Lie-Jie Ping låg bakom en vägg i ett halvt sönderbombat hus. I hennes famn låg en liten flicka och utanför huset ven kulorna för fullt. Hon hade riskerat allt för att hjälpa den lilla flickan. Med fara för både sitt eget liv och hennes trupp hade hon tagit sig in på fiendelinjer och in i det sönderbombade huset. Frågan var bara hur hon skulle få ut de båda två levande? Plötsligt kastade någon in en granat i huset. Den small av en bit ifrån henne. Med flickan i famnen flög hennes kropp flera meter innan hon smällde in i en vägg. Glasbitarna som legat på golvet flög kors och tvärs. Flera hade träffat henne, en i armen, en i magen och en i foten. Men hon hade klarat sig och hon var vid liv. Med knackig arabiska frågade hon hur det var med flickan?

" أنت؟ بخير "

Men hon fick inget svar.

"Är du okej?" upprepade hon. När flickan på nytt förblev tyst. Lyfte hon upp hennes huvud och såg på henne. Hennes blick var tom och blank. Allt liv var borta. Lixue började förtvivlat skaka på flickans kropp. Skaka liv i henne.

"Vakna!" skrek hon. När hon inte fick något svar undersökte hon flickans kropp med blicken. En dm bred och tre dm lång glasskärva hade punkterat flickans hjärta. Tårarna strömmade ner för Lie-Jies kinder. Hon grät och svor. Plötsligt hörde hon en röst.

"Lixue…" rösten lät orolig.

"Lixue…hur är det?" undrade rösten med samma oroliga ton.

Hon kände igen den rösten.

*

Plötsligt vaknade Lixue upp ur drömmen. Hon låg i Cheng-Gongs famn och kände hans hjärtslag mot ryggen. Hans händer smekte hennes armar och hans blick var bekymrad. Med tröstande ord sa han:

"Var inte orolig. Du är säker nu."

Lixue vaknade till allt mer och blev mer och mer medveten om var hon befann sig. Hon råkade dra efter luft och fick då känna Kejsarens doft. Det var doften av citrus, jasminblomster och koriander. En underbar doft som passade en stark karl som Kejsaren. Hon bet i läppen och kunde inte förstå vad den tanken kom ifrån. Hur understod hon sig att känna romantiska känslor för Kejsaren?

"Gråt inte…" fortsatte Cheng-Gong att trösta.

Lixue förstod inte. Grät hon? Hon kände automatiskt på kinderna och ja, de var blöta av tårar.

Cheng-Gong övermannades av en ömhet han inte visste att han besatte. Han som inte ens lät någon av hans konkubiner tillbringa natten med honom efter att de älskat. Han som avskydde onödig beröring. Ändå fann han sig stoppa in fingrarna under fliken på Lixues slöja och torka hennes tårar.

Det var som om tiden stoppades för Lixue. Alla ljuden försvann, inklusive det öronbedövande ljudet från fyrverkerierna. All hennes uppmärksamhet var riktad på Kejsaren och hans vackra, mjuka ögon. Som tur var kunde han inte se hennes ögon eller förvirringen hon kände i dem. Hon tog några djupa andetag och försökte få bukt på sitt skenande hjärta.

Cheng-Gong förstod inte vad han höll på med. Här satt han, Kejsare över det största riket i hela den kända världen, på golvet och med en simpel tjänarinna i famnen. Han skämdes, men ville samtidigt inte resa på sig. Kanske saknade han att ha en kvinna i sin säng? Han hade haft så fullt upp de senaste dagarna och varit så trött på kvällarna att han inte låtit tillkalla sig en sängkamrat från sitt harem. Han undrade återigen vad som hindrade honom från att slänga upp denna kvinna i sin famn och bära iväg med henne till sin säng. Han hade ju rätten. Han skulle förvåna och chockera tjänarna, men vad gjorde det? Men var han verkligen så djurisk? Hade han inte bättre självkontroll än så? Innan han bestämt sig för hur han skulle göra reste Lixue på sig och hans famn blev tom och kall. Bara doften dröjde sig kvar. Han älskade doften av lotus. Tanken slog honom, kanske visste hon det och medvetet försökte förföra honom? Ja, kanske var allt bara en beräknande strategi för att få honom att ta henne till sin säng och göra henne till sin konkubin? Det var sannerligen ett steg uppåt i rätt riktning. Konkubin istället för en simpel tjänarinna. Och för någon som hon, som måste dölja sitt ansikte med en slöja, kunde hon inte lyckas bättre i livet än att få bli hans konkubin. Hon skulle inte längre behöva arbeta hårt och passa upp på någon annan. Kanske avundades hon sin fröken och ville ha det som hon fick? Dvs. honom. Genast dog alla romantiska känslor inom honom. Han gjorde en min av avsmak och med en smidig rörelse reste sig han också. Han borstade av sig sina kläder och sa sedan med hård röst:

"Varför är du inte och tar hand om din fröken?"

Lixue hängde inte riktigt med i svängarna. Ena sekunden var han varm och mjuk och andra sekunden var han hård och kall. Var han kanske bipolär? Men hon hämtade sig snabbt, bugade sig djupt, ursäktade sig och småsprang sedan därifrån.

Kvar stod Cheng-Gong. Fyrverkerierna hade avtagit och han började känna av kylan. Han bestämde sig sedan för att besöka en av hans konkubiner Chen Jin. Trots att Chen Jin var lika vacker som alltid, doftade lika gott och dansade lika förföriskt hade det ingen effekt på hans mandom. Men det ville han ju givetvis inte att hon skulle veta. Han lät påskina att det var något fel på henne och gick sedan snabbt därifrån. Den natten drömde han att han älskade med en vacker kvinna som doftade lotus. Men var det fröken Li Na Fei han drömde om eller hennes tjänarinna Lixue? Han hoppades på det tidigare.

Kapitel 19

Lotus

Cheng-Gong vaknade med ett ryck. Hans personliga eunuck, Yun Xia stod lutandes över honom. Om det var något Cheng-Gong inte tyckte om så var det att bli väckt. Jag hoppas att du har en väldigt bra anledning, Yun, tänkte Cheng-Gong och satte sig upp. Genast backade Yun Xia. Och kanske hade Yun Xia en väldigt bra anledning? För när Cheng-Gong läste av hans ansikte kunde han läsa oro så väl som nervositet.

"Vad är det som har hänt?" skyndade sig Cheng-Gong att fråga.

Yun drog efter andan och inhämtade mod. Det tog någon sekund innan han äntligen tog till orda. "Det är hennes kungliga höghet moderkejsarinnan!" började han.

"Vad? Vad är det med min mor?" Undrade Cheng-Gong angeläget, samtidigt som han skyndade sig upp ur sängen. Utan att vänta på att någon skulle hjälpa honom tog han fram kläder och började klä på sig.

"Hon har dött, ers höghet", kom det sorgset från Yun.

Cheng-Gong rynkade pannan. Vad var det här för ett dåligt skämt? Det var bara några timmar sedan de spenderat en måltid tillsammans och då hade hon mått bra. Friska människor ramlar bara inte ihop och dör. Inte kunde hon ha dött helt plötsligt.

"Vad är det du säger, Yun! Förklara dig!" skrek Cheng-Gong otåligt samtidigt som han började gå mot dörren. Yun skyndade sig att småspringa efter sin herre. Under tiden de gick till moderkejsarinnans rum passade Yun på att förklara det hela.

"Hennes kungliga höghet moderkejsarinnan vaknade under natten och behövde utföra sina behov. En klumpig tjänarinna råkade sedan komma åt den kungliga pottan och innehållet rann ut, varav hennes kungliga höghet moderkejsarinnan råkade halka i vätskan. Hon föll och slog huvudet i ett bord. Vi har redan tillkallat den kungliga läkaren Jian Wu, men det var redan försent. Hennes kungliga höghet moderkejsarinnan hade redan dött."

Cheng-Gong visste inte om han skulle skratta eller gråta. Det var ofattbart att hans mor dött på ett sådant dråpligt sätt. Det slutade med att han gjorde ingendera. Kanske var det chocken som gjorde att han kände sig så tom.

"Avrätta genast den tjänarinnan!" var det enda han fick fram. Han var ännu inte säker på om han kunde tro på Yuns ord.

Det var inte förrän de kom till moderkejsarinnans rum som han kunde tro på vad Yun sagt. Så fort Cheng-Gong fick syn på sin döda mors kropp infann sig känslorna och han föll i gråt vid hennes sida.

*

Cheng-Gong spenderade följande dagar med att dricka. Han drack tills han blev sjuk och bara låg och spydde. Hela palatset var i uppror och oroade sig för Kejsaren. Men oroligast var nog Li Na. Hon ville gå och trösta och ta hand om sin fästman, men ett getingstick tidigare under dagen hade gett henne feber och även hon måste ligga till sängs. Hon vädjade till Lixue:

"Snälla Lixue, gå och ta hand om hans kungliga höghet i mitt ställe."

Det var något Lixue absolut inte ville. Bara tanken på att torka av Kejsarens starka och *nakna*! bringa och armar från svett gjorde henne knäsvag.

"Du behöver inte vara orolig, min fröken. Eunuckerna och den kungliga läkaren står säkert i kö om att få ta hand om hans kungliga höghet Kejsaren."

"Men de älskar inte hans höghet så som jag gör."

"Men jag är inte du", protesterade Lixue.

"Nej, men du vet hur jag känner och jag är säker på att du kan ta hand om honom just så som jag hade velat."

Efter en stunds tjatande kom de, tårarna. Vad kunde Lixue göra mot Li Nas tårar? Hon stod maktlös och hörde till sin stora förfäran hur hon sa:

"Oroa dig inte, min fröken. Jag lovar att ta väl hand om honom."

*

Yun Xia gick förvånansvärt lätt med på att låta en enkel tjänarinna som Lixue träffa Kejsaren. Det hela var mycket besynnerligt, tänkte Lixue när hon klev in i Kejsarens kammare. Det hon inte visste var att Yun Xia hade en baktanke. Yun Xia hade varit med när Kejsaren drunknat och sett hur Lixue blåst liv i hans lungor och räddat honom från döden. Kanske kunde hon hjälpa honom att tillfriskna snabbare? Nu var visserligen Kejsaren inte så sjuk. Kejsaren var en stark karl och vad kunde några dagars drickande göra honom? Sanningen hade bara förstorats alltmedan ryktet om hur sjuk Kejsaren var spridit sig i palatset.

Med försiktiga steg klev Lixue in genom rummet. Alla gardiner var fördragna och trots att det var mitt på ljusa dagen var det mörkt i rummet. Den enda ljuskällan var ett stearinljus som stod och lyste på ett sängbord bredvid sängen. Bredvid ljuset stod en halvtom flaska. Lixue behövde inte lukta på det för att förstå att det var vin. Det verkade som om Kejsaren någon gång under morgon mått lite bättre och tagit till flaskan igen.

Lixue gick fram till sängen. Sängen stod i mitten av rummet och på den mörkmålade dekorativa träställningen låg flera tjocka madrasser i ejderdun. På var sin sida av sängen stod ett litet bord. Borden var gjorda av samma mahogny trä som sängramen och hade lika vackert utsnidade detaljer. Lixue ställde ner skålen med kallt vatten på det lilla bordet bredvid den enorma sängen. Hon behövde inte dra undan det tjocka sidentäcket från Kejsaren för han sov utan det och stoltserade med sin nakna prakt. Men Lixue var inte den som lät sig generas så lätt. Tänk om det varit Li Na som kommit för att ta hand om Kejsaren och inte hon. Tanken fick henne att dra på munnen. Stilla betraktade hon Kejsarens nakna kropp och kom fram till att den såg ungefär likadan ut som förra gången hon såg den. Hon blötte ner sidentrasan hon haft med sig i skålen med vatten och kramade sedan ur allt vatten. Hon såg sig omkring innan hon satte sig på sängkanten. Hon antog att det inte var brukligt för en tjänare att sitta i Kejsarens egen säng. Men eftersom hon inte var så lång och Kejsaren låg i mitten av sängen skulle hon inte nå att torka hans kropp om hon stod bredvid sängen. Hon skulle skynda sig, tänkte hon. Hennes bakdel sjönk lätt ner i madrassen och hon kunde inte låta bli att vicka lite extra på rumpan. Vilken skön madrass, tänkte hon. Hon kunde inte låta bli att jämföra sin madrass med Kejsarens. Det måste vara skönt att vara Kejsare kunde hon inte låta bli att tänka.

"Sluta vara avundsjuk, Lixue och var nöjd med vad du har", förebrådde hon till sig själv. Hon såg hur Kejsaren började röra smått på sig och skyndade sig att hålla för munnen. Bara han inte vaknade och såg henne där. Hon höll andan och räknade sekunderna, men Kejsaren vaknade inte. Lättad andades hon ut.

Hon drog ett djupt andetag innan hon satte den blöta sidentrasan mot Kejsarens bara bringa. Med lätta, mjuka rörelser torkade hon han bröstkorg. Hon försökte göra det så opersonligt som möjligt, men hennes lätta handtag kändes som smekningar.

Cheng-Gong hade en sådan skön dröm. Han kände hur hela kroppen reagerade. Han ville inte vakna utan fortsatte att blunda allt medan han drog in luft i lungorna. Hans sinnen registrerade doften av lotus. Den välbekanta doften fick honom att sakta öppna ögonen. Det var dunkelt i rummet och hans blick var lika dimmig av all alkohol som hans sinne var. I mörkret kunde han se en figur vid sängen. En kvinnofigur med liten och nätt kropp och med långt vackert hår som föll i vågor längst ryggen. Han blundade och drog åter in hennes doft. Men vem var det? Li Na eller Lixue?

"Fröken Fei, är det du?" undrade Cheng-Gong.

Lixue vet inte varför, men av någon anledning hörde hon sig själv säga: "Ja, det är jag, Li Na Fei, min herre." Kanske skulle det förbättra förhållandet mellan dem om han trodde att det var Li Na som var där för att sköta om honom?

Cheng-Gong log. Han såg ner på sin kropp och beviset för hans åtrå och kunde inte låta bli att le. Att han var naken bekom honom inte det minsta. Han var van med att visa upp sig för folk. Han var van vid att folk tvättade och klädde honom. Dessutom var Cheng-Gong långt ifrån oskuld. Han hade bara varit fjorton när hans far gett honom hans första konkubin i födelsedagspresent och sagt:

"Nu min son är det dags att du blir en man."

Det hade han också blivit. Och det hade han aldrig ångrat. Eftersom han var Kejsare utvald av gudarna och högst i hela riket fann han ingen anledning till att missunna sig själv njutningen av Li Nas smekningar. Han trodde heller inte att någon annan skulle misstycka. De var ju förlovade och skulle gifta sig nästa månad. Och även om någon skulle göra det skulle det inte förändra något heller. Han kunde behöva den här trösten, tänkte han.

Därefter sträckte han ut handen mot Li Na och hon tog försiktigt hans. Utan förvarning drog han ner henne i sängen, lade henne under sig och började kyssa henne. Lixue stelnade till. Vad sjutton var det som hände? Så fort chocken lagt sig började hon göra motstånd. Hon tog tag i hans axlar och försökte putta bort honom.

"Sluta", kved hon under hans vikt.

"Nej", kom det bestämt från Cheng-Gong. Han strödde sedan ett gäng kyssar över hennes hals och bröstkorg. Hans hand fann hennes ena bröst och Lixue kunde inte låta bli att flämta högt. Hon försökte återigen putta bort honom, men det var inte lönt. Han var stark och hennes motstånd för svagt. Hon smälte och alla rationella tankar försvann. Hon visste att det hon gjorde inte var rätt, men förnuftet hade sprungit sin väg och det utan att lämna några spår efter sig.

Hade hon verkligen velat stoppa honom hade ingen kraft i världen kunnat hindra henne. Det låg inte i hennes personlighet att bli förlamad av chock, så som det kan bli för vissa. Nej, hon hade sparkat, skrikit, rivit och klöst, bitit och ryckt honom i hans långa hår om hon verkligen inte velat ha honom. Men nu gjorde hon inget av detta. Kanske hade han sett igenom hennes halvhjärtade försök för hon hörde hur han skrattade lätt innan hans händer smidigt och snabbt började riva av hennes kläder. Lixue önskade att hon varit starkare. Önskade att hon kunnat stå emot honom. Men hennes kropp ville ha honom lika mycket som han ville ha henne.

"Vänta", viskade hon. Han stannade upp för ett ögonblick och lät henne blåsa ut ljuset. Hon sträckte sig sedan efter hans kropp och hennes mun fann hans.

Cheng-Gong somnade snart efter att de älskat och Lixue passade då på att ta på sig sina kläder och slöjan hon bar för ögonen. Hon hoppades att det varit för mörkt i rummet för att Kejsaren skulle kunnat se hennes ögon. Hon rättade snabbt till sin frisyr och smög sedan därifrån.

Li Na sov fortfarande när Lixue kom tillbaka. I ångest föll hon ner på en stol och satte händerna i ansiktet.

Vad hade hon gjort och vad sjutton skulle hon säga till Li Na?

*

Kapitel 20

En häxa?

Moderkejsarinnan Ning Rong begravdes tre dagar senare och vid det laget var både Li Na frisk och Cheng-Gong nykter. Han hade kunnat hålla sig från att gråta under själva begravningen, men så fort han kom tillbaka till sitt rum föll han i gråt. Men sorgen är ett finurligt fenomen. Man skulle kunna tycka att när man förlorar någon så nära som en mamma att man ska gråta non stop. Men sorg fungerar inte så. Man gråter, man skrattar och gråter sedan lite igen. Människan har en fantastisk förmåga att överleva och genomleva lidande och sorg. Hade människan inte gjort det skulle mänskligheten tagit slut för länge sedan. Och det fungerade likadant för Cheng-Gong. Han sörjde, visst gjorde han det, men han gick inte under. Han hade ett ansvar och en livsuppgift han inte kunde komma ifrån. Som Kejsare, som utvald av gudarna kunde han inte bara ge upp och dö. Det var heller inget han ville. Han tänkte på natten med Li Na och kände sig varm i hjärtat. Trots att han själv varit så borta måste han säga att det var en av de mest fantastiska nätterna han haft. Han hade kanske inte alltid tyckt att de passade så bra ihop eller att Li Na skulle bli en så bra kejsarinna, men som sängpartner var hon fulländad. Han kände en förhoppning och tillförsikt han inte gjort på länge.

Men Cheng-Gong hade inte träffat Li Na sedan de älskat. Han hade haft fullt upp med att ta igen den tid han förlorat när han druckit i tre dagar och tre nätter. Han övermannades fortfarande då och då av korta känslosvall, men hans tjänare visste bättre än att kommentera det. De såg tysta på när Cheng- Gong snabbt torkade sina tårar och fortsatte att jobba. Men det var inte bara sorgen som störde hans arbete. En annan tanke hade infunnit sig. Han tänkte på när han och Li Na älskade med varandra och kunde inte minnas om han hade hunnit dra sig ur i tid, så som han brukade göra. Han visste inte om han ville ha barn så snart. Hans rådmän skulle jubla. Cheng-Gong var redan trettiotre år och barnlös. Han behövde ett barn, gärna en son som kunde ta över tronen efter honom. Men å andra sidan kanske de hade rätt? Kanske var det dags att få en arvinge? Ja, kanske gjorde det inget om Li Na blev med barn? De skulle ju snart gifta sig i alla fall. Blev hon gravid och någon räknade ut att ungen föddes åtta månader efter bröllopet istället för nio så skulle det kanske inte göra så mycket det heller?

Yun Xia avbröt hans tankar. Han harklade högt och försökte påkalla sin Kejsares uppmärksamhet.

"Vad är det Yun?" frågade Cheng-Gong utan att titta upp från sina papper.

"Allt är packat och klar för er resa, ers höghet" sa Yun Xia och bugade sig djupt.

Cheng-Gong hade glömt att det var bestämt att han och hans fästmö, fröken Li Na Fei skulle åka och besöka hennes föräldrar innan giftermålet. Cheng-Gong skulle äntligen få träffa Li Na igen. Han såg verkligen fram emot det och bara han tänkte på henne pirrade det till i hans kropp och hans hjärta sparkade bakut. Cheng-Gong tvingade sig själv att avsluta det han höll på med innan han reste på sig.

*

Så fort en eunuck stängt dörren till vagnen och lämnat de båda ensamma flög Cheng-Gong på Li Na och gav henne en passionerad kyss. Li Na flämtade chockad till och Cheng-Gong passade då på att stoppa in sin tunga i hennes mun. Må hända att Li Na inte kysst någon förut, men hon var inte sämre än att hon ändå visste hur man gjorde. Hemma i staden Tu Han hade hon, utan sina föräldrars vetskap, då och då besökt stadens teater där hon också sett flera par kyssas. Så visst, även om Li Na aldrig kysst någon förut visste hon hur man gjorde och hon gjorde nu sitt bästa för att härma det hon sett. Hon blundade och lät sin mun trevande möta Cheng-Gongs.

Cheng-Gong rynkade pannan. Det kändes som han kysste någon som aldrig kyssts förut. När han tänkte efter kunde han inte minnas att Li Na verkat så oerfaren förut när de älskat som hon gjorde nu. Faktum var att det hela var mycket konstigt. Så vitt han mindes så hade fröken Li Na bevarat hans kyssar med både lidelse och passion. Och kanske viktigare; med en erfarenhet en kvinna i hennes ställning inte borde ha. Men å andra sidan hade Cheng-Gong varit riktigt påverkad och trött. Det var inte säkert att han kom ihåg rätt. Kanske hade han i sin iver överskattat Li Nas förmåga? Och kanske var det den besynnerliga situationen som också påverkade Li Na och gjorde henne nervösare och blygare? Cheng-Gong måste erkänna att det också var första gången för honom med som han kysst någon i en vagn.

Cheng-Gong avbröt kyssen, smekte Li Na över kinden och gav henne ett mjukt leende. Han hade trott att han efter en passionerad kyss med Li Na skulle brinna av längtan, men nej, han kände ingenting. Jag är nog bara trött, tänkte han och sa:

"Kan du förlåta mig, men jag är lite trött. Går det bra för dig om jag sover lite?"

Han förvånades själv över behovet att be henne om tillåtelse. När hade han som Kejsare någonsin gjort det förut? Hans känslor för henne måste i sanning vara stora. Men om så verkligen var fallet varför hade han inte känt mer när han kysst henne?

Li Na hade svårt att få fram orden. Hennes kinder var röda som tomater och hennes hjärta bultade som kaninen i tänderna på räven. Till skillnad från Cheng-Gong brann hennes kropp och hon önskade att han aldrig skulle ha slutat kyssa henne. Efter någon sekunds blyg tystnad nickade hon till sist. Cheng-Gong såg hennes blyga min och kunde inte låta bli att le. Han gav henne sen en snabb kyss på munnen innan han lutade sig tillbaka, blundade och försökte somna. Men det dröjde länge innan han somnade. Han stördes av en konstig klump i magen. Vad var det som var fel? Varför kände han sig så illa till mods?

Åh, vad Li Na önskade att Lixue suttit i vagnen med henne. Då skulle hon ha frågat henne om det var vanligt att hon kände sig så vimmelkantig som hon gjorde. Om det var vanligt att hjärtat sparkade bakut och det pirrade mellan benen? Men som det var nu fick Lixue gå bredvid vagnen. Hon var heller inte ensam så det passade inte att Li Na stoppade ut sitt huvud genom något av fönstren och pratade med henne.

Hon kände ett sting av dåligt samvete gentemot Lixue. Lixue som var tjänarinna av låg rang skulle få gå de kommande timmarna, medan hon själv satt i en lyxig vagn. Li Na tänkte att så snart hon blivit kejsarinna skulle hon be sin man, Kejsaren, att ge Lixue en högre rang. Men hon ville inte att hon skulle få för hög rang. Li Na var fortfarande beroende av Lixue och ville inte för allt i världen att hon skulle få tjänst någon annanstans än i närheten av henne. Kanske kunde hon bli Li Nas sällskapsdam? Då skulle hon inte längre behöva arbeta hårt, men skulle också fortsätta att vara nära Li Na.

Till slut slumrade även Li Na till och hon vaknade inte förrän det var dags att ta en paus och sträcka på benen. Vid det laget hade de rest i ca två timmar och både människor och djur kunde behöva vila och inhämta lite ny energi.

"Ptrooo", sa kusken till hästen och det dröjde därefter inte många sekunder innan vagnen stannade med ett mjukt gung.

Det var ett stort sällskap. Tjugo tjänarinnor och femton eunucker följde med. Förutom det följde också ca femtio soldater som alla höll utkik efter banditer och lönnmördare. Förutom det hade de med sig vagnar med presenter till familjen Fei.

Lixue stod och vattnade en av hästarna när en pil flög förbi och fastnade i marken nedanför hennes fötter. Lixue vände sig åt sidan och såg sig om. Hon hann nätt och jämnt slå undan den andra pilen som kom. Men hon kom inte undan helt oskadd. Pilspetsen hade lämnat en lång rispa över handryggen och upp över armen. Men hon ignorerade det och började skrika.

"Attack! Vi är under attack!"

 Snart ljöd stridshornet och någon skrek:

"Skydda Kejsaren och hans fästmö!"

Femton soldater skyndade sig att omringa vagnen med Kejsaren och hans fästmö. De höjde sina svärd och utgjorde tillsammans en skyddande mur mot attackerarna. Cheng-Gong rörde otåligt på sig i vagnen. Han tog sitt svärd som låg på sätet bredvid och tänkte ge sig ut i striden. Han blev stoppad av en hand på armen. Det var en bekymrad Li Na som vädjade till honom att stanna kvar.

"Lämna mig inte ensam här", bad hon. "Lixue!", skrek hon. Hon behövde Lixue!

"Det är ingen fara", ropade Lixue på andra sidan väggen. "Stanna i vagnen så tar vi hand om resten. Vad du än gör, lämna inte vagnen!" fortsatte hon.

En pil flög förbi och träffade soldaten bredvid Lixue. Han dog genast och Lixue passade då på att ta hans svärd. Hon spände sedan åt höftväskan hon alltid bar. Rädd för att tappa det dyrbara innehållet. Lixue var som vanligt förberedd och hade tagit med sig ett litet, men effektivt förråd med örter och oljor ifall hennes fröken skulle bli sjuk under resan. Hon tackade nu högre makter för att hon varit så förutseende, men önskade samtidigt att hon inte skulle behöva använda dem. Med väskan på höften och med draget svärd gav hon sig in i matchen. Det blev en intensiv strid. Någon gång under striden klev Li Na och Kejsaren ur vagnen. I skydd av soldaterna gick de till hästarna som drog vagnen. Cheng-Gong lossade två av hästarna och gav Li Na ena hästens tyglar.

"Du kan väl rida", sa han.

Li Na skakade panikslaget på huvudet. Nej, hon kunde inte det. Cheng-Gong kastade då upp henne på hästen och skulle just sätta sig bakom henne när hon avbröt honom.

"Jag lämnar inte Lixue", grät hon. "Då får du lämna mig med", fortsatte hon.

Vad är jag för en man, tänkte Cheng-Gong om jag inte kan rädda min kvinna. Han drog ett djupt andetag och sa sedan ansträngt.

"Vänta här!"

Han skyndade sig därefter att befalla soldaterna att skydda Li Na som satt på hästen. Hon var ett lätt byte så högt upp, och han visste att han var tvungen att skynda sig. Men Lixue var inte långt borta. Hon mötte honom på vägen och snart satte hon upp på hästen tillsammans med Li Na. Cheng-Gong tog den andra hästen och snart bar de iväg. De kvarvarande soldaterna gjorde sitt bästa för att skydda dem, men kunde inte hindra en mindre grupp attackerare från att följa efter dem.

"Det är mig de är efter! Det är bäst vi delar upp oss!", skrek Cheng-Gong efter en stund. Han hade nätt och jämnt lyckats undkomma attackerarnas pilar. Som tur var verkade de inte bry sig om Li Na och Lixue utan siktade bara på Cheng-Gong. '

"Visst", svarade Lixue snabbt.

"Nej!" protesterade Li Na högt. Hon ville för allt i världen inte lämna sin älskade. Men det hade hon ingenting för. Lixue lyssnade inte på henne eller hennes kommande protester utan ändrade genast kurs. Li Na gjorde sitt bästa för att försöka få Lixue att ändra sig, men ingenting hjälpte. Inte ens när Li Na bet Lixue i armen släppte hon taget om henne eller ändrade kurs. Till slut grät Li Na och vädjade:

"Lixue, jag ber dig och om du uppfyller min önskan lovar jag att aldrig be dig om någonting igen. Rädda Cheng-Gong! Lämna mig här. De kommer inte efter mig. Och rid efter Cheng-Gong. Han är ensam mot fem stycken lönnmördare och du är en skicklig svärdsman. Rid efter honom och hjälp honom", upprepade hon på nytt. Men Lixue fortsatte bara mana på hästen.

"Jag ber dig", vädjade Li Na då på nytt. "Han är rikets härskare och långt mer värdefullare än jag", fortsatte hon.

"Inte för mig", kom det spänt från Lixue.

"Men för mig!" Skrek Li Na förtvivlat. "Gör du inte som jag säger kommer jag aldrig att förlåta dig. Du kan bara släppa av mig här och efter att du hjälpt Cheng-Gong kan du komma tillbaka och hämta mig."

Mot sin vilja och mot sitt bättre vetande gick Lixue till slut med på det Li Na sagt. Hon drog in hästen och efter att hon hjälpt Li Na av, satte hon efter Kejsaren. "Jag kommer snart tillbaka! "lovade hon.

Det var tur att hon bestämt sig för att sätta efter Kejsaren för när hon fann honom låg han skadad på marken och en av de två kvarvarande lönnmördarna skulle just till att spetsa honom med sitt svärd. Lixue höjde sitt svärd och svingade sedan iväg det mot lönnmördaren. Den träffade honom i ryggen och han föll ihop i en hög över Kejsaren. Hans kompis vände sig då förvånat om och fick syn på Lixue. Han höjde sitt svärd och hann just skydda sig själv när Lixue flög som en projektil genom luften och attackerade honom.

Lixue skyndade sig att dra tillbaka sitt svärd ur den ena mannen rygg och hann precis blockera sitt ansikte från motståndarens svärd. Hans slag var starkare än hennes, men med sin lätta och smidiga kropp var hon snabbare än honom och det blev hennes räddning. Man kunde på många sätt säga att de var jämspelta för för varje slag Lixue gjorde blockerade han henne och för varje slag han gjorde blockerade hon honom. Men han överraskade henne genom att dra fram en liten dolk ur sin ena stövel. Med den försökte han konstigt nog hugga henne i huvudet. Trots den oväntade attacken hann Lixue i sista sekund backa och istället för en dolk i pannan skar han sönder hennes slöja. Chockat kände hon hur slöjan föll ner till marken och blottade hennes näsrygg och blåa ögon.

Motståndaren drog efter andan när han såg hennes blick.

"En hähä häxa… ", stammade han.

Lixue tog tillfället i akt och utnyttjade hans förvirring och skar med en snabb rörelse av halspulsådern på honom. Han föll ner på knä och hann nätt och jämnt ta sig för halsen innan han föll ihop i en hög. Det dröjde några sekunder innan hans livsgnista slocknade. Under hela tiden såg han på Lixue med uppspärrade ögon. De båda fyllda av den djupaste rädsla. Det var så Lixues hjärta frös till is när hon såg det. Det dröjde någon sekund innan hon hämtat sig.

Hon skyndade sig då till Kejsare Cheng-Gongs sida och inspekterade hans sår. Han hade blivit huggen i axeln och hade redan blött i flera minuter. Han var vid det här laget medvetslös och det gick inte att få liv i honom hur mycket Lixue än försökte. Istället förband hon hans sår med klädstycken och de örter och oljor hon haft med sig i höftväskan. Mot sitt bättre vetande drog hon upp honom på ryggen. Hon fick ner hästen på knä och lade sedan Kejsaren över hästens rygg. Hon bad till gudarna att han inte skulle dö under tiden hon red efter Li Na. Men eftersom de inte kunde rida på samma häst alla tre passade Lixue smart nog att ta med sig en av lönnmördarens hästar.

Kapitel 21

Spårlöst försvunnen

Men när Lixue kom till det stället där hon lämnat av Li Na, syntes ingen Li Na till. Utan att kliva av hästen ropade hon efter Li Na. Hon försökte att inte låta så högt utan använde sig av en lågmäld röst. Hon ville inte att alla skulle höra. Vem visste vem eller vilka fler som kunde tänkas befinna sig i skogen?

"Li Naaa!" ropade hon på nytt. Hon såg sig ängsligt omkring. Stressad av tidens allvar. Hon visste att Kejsaren behövde komma i säkerhet och det så snart som möjligt. Hon hade inte tid att leta efter Li Na. Och hur mycket det än smärtade henne kände hon sig tvungen att lämna platsen och leta efter skydd.

Hon kom till ett ställe där skogen var tätare. Där det skulle vara omöjligt att ta sig igenom med hästar. Där tog hon det tunga beslutet att lämna hästarna och fortsätta till fots. Men innan letade hon igenom hästarnas skinnväskor och tog med sig de två skinnläglar som fanns i de båda väskorna, samt några brödkakor och några äpplen. Hon lade sedan ner Kejsaren och skickade iväg hästarna för att därefter dra upp Kejsaren på sin rygg igen. Med tunga steg och kvistar som rispade henne på ben, armar och i ansiktet gick hon med böjd rygg med Kejsaren på ryggen. Hon tackade sin lyckliga stjärna för allt hårt arbete hon utfört genom åren. Hårt arbete som gjort hennes kropp seg och stark.

Hon hade gått kanske en kvart när kroppen gav upp och hon fick erkänna sig besegrad. Hon gav upp och lade ner Kejsaren på marken. Vikten av hans kropp tyngde ner de grenar och buskage som var under honom. Lixue tog en kort på paus på tio minuter och drack lite av vattnet, innan hon satte igång med att röja bort buskagen och alla de grenar som stack ut från träden runt omkring. Hon gjorde därefter ett provisorisk litet vindskydd. Hon tänkte på Kejsaren som låg på alla dessa grenar och kunde inte låta bli att känna dåligt samvete. Därför rullade hon över honom på den bara marken och röjde upp där han har legat.

Hon lade sig ner för att vila och sömnen inföll sig genast. Timmar senare vaknade hon sömndrucken och lätt yr. Värmen var kvävande och hon var törstig. Hon drack lite ur ena skinnlägeln. Hon skyndade sig sedan att se till Kejsaren.

"Åh!" utbrast hon när hon kände hur hög feber han hade. Hon skyndade sig att byta ut Kejsarens förband och blötte sedan en trasa med något av det dyrbara vattnet från skinnläglarna. Hon baddade sedan hans hjässa, nacke och bröstkorg.

Hon märkte att han inte längre var medvetslös när han började yra. Gång på gång viskade han hur mycket han frös. Hon önskade att hon haft med sig en filt också, men tyvärr var så inte fallet. Med minnen från deras tidigare möte fortfarande tätt på näthinnan gjorde hon det förbjudna och lade sig tätt intill Kejsaren och värmde hans redan feberbrinnande kropp med sin. Han tog tacksamt emot hennes värme. Där låg de säkert en timme och då och då viskade han sin fästmös namn:

"Li Na… Li Na…"

Hans ord smärtade Lixue mer än vad hon kunnat ana. Hon kände en stor klump i magen. En oro hon inte kunde göra något åt. Hon sa sig själv att hon var fånig, men det gjorde ingen skillnad. Klumpen var där och påminde henne ständigt om sin närvaro. Klumpen blir ens allt och man kan inte tänka sig hur det känns utan den där klumpen i magen. Hela ens väsen och världsbild färgas och påverkas av klumpen. Allt och inget är klumpen och som alla vet som någonsin haft en klump i magen, eller en oro i bröstet, är det svårt att sova då. Det var likadant för Lixue. Även om Cheng-Gong med tiden lugnade ner sig, sög åt sig av hennes värme och kämpade mot febern låg Lixue klarvaken och oroades av sina känslor och över sin situation. Hur skulle hon reda ut det här och hur var det med hennes älskade fröken? Men till slut somnade även Lixue.

Hon vaknade nästa morgon, åt och drack lite och efter att hon sett till Kejsaren gav hon sig iväg för att hitta hjälp. Men hon vågade inte gå allt för långt. Rädd för vad som skulle hända om hon gick vilse och inte hittade Kejsaren igen. Hon gick och oroade sig och tänkte på sitt snabbt sinande medicinförråd och vad som skulle hända om de inte hittade hjälp snart. Hon gick så i de tankarna när hon plötsligt kände ett sting av smärta. Hon böjde sig ner för att se efter vad som hänt och hittade en liten armémyra som bitit sig fast i hennes ena ben. Det tog några sekunder innan hon insåg vad det innebar. Varför hade hon inte tänkt på det förut? Hon mindes att dr Heng Fei lärt henne att man kan använda armémyror till att försluta sår. Armémyrorna är försedda med ett par starka käkar och genom att tvinga myrorna att bita ihop sår får man en naturlig sutur som också håller. Dr Heng Fei hade själv visat hur man gjorde och lärt henne att klippa bort myrornas kroppar efter att "stygnet" gjorts. Lixue tog därför upp en burk ur väskan, en burk hon annars förvarade valfett i. Valfett som hon använde till att återfukta sin frökens läppar med. Hon stoppade nu ner två fingrar i burken och gröpte ur fettet och kastade det på marken. När hon fått ur det mesta torkade hon av sina händer på mossan och satte sedan igång med att leta armémyror. Hon hittade snart en myrstack och började plocka. Hon blev själv biten i fingrarna då och då, men det var det värt. Hon lade de sedan en efter en i burken och hoppades att de inte skulle hinna dö innan hon kom tillbaka till Kejsaren. När hon plockat nog med myror sprang hon tillbaka till Kejsaren och påbörjade suturen.

Kejsaren jämrade sig högt när hon tog bort förbandet, drog ihop hans sår med händerna och tvinga en efter en myrorna att bita ihop såret. Det var tur att även om det var djupt var det inte särskilt brett och krävde inte många myror. Efter det förband hon hans sår med den dyrbara medicinen och förvånades över att Kejsaren då öppnade sina ögon och såg på henne. Han blinkade förvirrat till och det dröjde många sekunder innan han kunde fokusera blicken. Vad var det han såg? Han kände igen munnen, kinderna och näsan. De tillhörde alla tjänsteflickan Lixue. Men framför ögonen satt inte den välbekanta sjalen utan han fick se ett par bekymrade mandelformade ögon i den klaraste isblåa färg han någonsin sett. Hade han dött och kommit till himlen? Såg han ett övernaturligt väsen?

"Är jag död?" viskade Cheng-Gong förvirrat.

Det var inte förrän då som Lixue uppmärksammat att han var vaken. Men hon hade inte en tanke på att hennes sjal var borta. Istället lade hon en hand på hans bröst och försäkrade honom med den allra mjukaste röst att han visst levde och att han skulle klara sig.

Cheng-Gong kände igen rösten. Den tillhörde Lixue på samma satt som kinderna, näsan och munnen gjorde det. "Lixue?" viskade han förvirrat. "Är det verkligen tjänarinnan Lixue?" fortsatte han att fråga.

Det var inte förrän då som Lixue insåg att hon inte
länge bar någon slöja framför ögonen. Hon sträckte
automatiskt upp en hand och rörde vid ögonfransarna.
Lixue fundera ett ögonblick på att ljuga och säga till
honom att han bara drömde, men insåg det dumma
med det. Lixue hade tyvärr ingen annan slöja med sig i
sin väska. De var alla kvar i vagnarna tillsammans med
hennes andra tillhörigheter.

"Jag vet att jag förtjänar att dö för att jag ljugit för ers
kungliga höghet, men som situationen är kan jag inte
dö nu. Inte förrän min fröken och ers höghet är i
säkerhet."

Det var inte förrän då som Cheng-Gong
uppmärksammade att Li Na inte var med dem? Han
frågade efter henne.

"Sanningen är den att er tjänare inte vet. Vi skildes åt
och jag red efter för att hjälpa ers höghet. Det var
sedan meningen att vi skulle hämta upp min fröken.
Men när vi kom till uppsamlingsplatsen var hon inte
där. Det finns ingen ursäkt. Men snälla, döm mig inte
till döden förrän hon är hittad och ni tillbaka på
draktronen", bad Lixue.

Cheng-Gong visste inte vad han skulle säga. Han var
trött, förvirrad och svårt skadad. Han hade blivit lurad
och å det grövsta, men han hade ingen energi att
varken bli arg eller döma någon till döden. Dessutom
visste Cheng-Gong att han skulle varit död vid det här

laget och det flera gånger om, om det inte varit för Lixue. Ändå förvånade han både Lixue och sig själv genom att säga.

"Ni har ingen skuld. Jag ger er mitt ord på att om vi tar oss här ifrån levande så ska du också få fortsätta leva."

Lixue skyndade sig att tacka Kejsaren i översvallande ordalag. Cheng-Gong svarade genom att ansträngt lyfta på handen och vifta bort hennes ord. Lixue rodnade plötsligt och Cheng-Gong slogs av hur vacker hon var. Han visste inte om det var för att han var skadad eller inte, men plötsligt tyckte han att hon var övernaturligt vacker. Den blåa färgen på ögonen var så förtrollande att han bara undrade om hon inte i själva verket var en häxa. Men häxa eller inte så hade hon räddat hans liv. Dessutom kunde han ha nytta av henne. Bara han kunde komma tillbaka till palatset. Hur långt borta var de? Var var de? Han försökte se sig omkring. Han försökte röra på sig och se sig omkring men övermannades av en intensiv smärta.

"Ta det försiktigt, ers höghet. Ni är fortfarande inte bra."

"Jag vet." När han såg hennes oroliga blick fortsatte han. "Men jag har varit på slagfältet sedan jag var sexton år. Det är inte första gången jag råkar ur för något sådant här. Jag har bra läkkött och kommer med säkerhet att överleva det här också."

Han röst var ansträngd och han kände ett större och större behov av att sova. Han skulle just till att blunda och göra det när Lixue stoppade honom. Hon påminde honom om vikten av att äta och dricka, och trugade och bad honom att göra det innan han sov igen. Trots att Cheng-Gong verkligen var mycket trött, insåg han det vettiga i det hon sagt och åt en bit bröd och drack lite vatten innan han somnade om. Under tiden han åt och drack förklarade Lixue att hon skulle gå för att leta hjälp och kunde vara borta länge, men att hon snart skulle komma tillbaka. Cheng-Gong försäkrade henne att han klarade sig själv ett par timmar. Lixue lämnade kvar maten ifall han skulle vakna och vara hungrig medan hon var borta och gick sedan för att leta efter både Li Na och hjälp.

Lixue gick systematiskt till väga och hjälpte sig själv genom att rista små märken i träden lite här och där. Hon gick sedan en timme år norr och ristade då och då ett N på träden för att hitta vägen tillbaka. Efter att hon gått en timme år norr och inte hittat vare sig Li Na eller någon annan, gick hon tillbaka för att sedan gå en timme åt söder. Hon gjorde på liknande sett tills hon gått både åt norr, söder och väster. Det tog ca sex timmar totalt plus kisspaus och några minuters vila här och där. I början hade hon förbannat sig själv för att hon inte behållit någon häst. Men valt att inte gräma ner sig över det. Tillät hon sig själv att känna efter skulle det aldrig gå. Det enda som fanns att göra var att fortsätta, fortsätta och hoppas att det hon nu upplevde snart skulle vara ett minne blott. För det är ju så att det vi nu kan uppleva som jobbigt, kanske till och med outhärdligt, kommer snart bara att vara gårdagen eller kanske till och med förra året. Tiden är ett förunderligt fenomen som kan upplevas som det långsammaste i världen eller som fallet ofta var för Lixue som något som snart är förbi. Även om hon inte kände sig lättare till sinnes, även om den tryckande känslan över bröstet inte försvunnit, kunde hon ändå fortsätta. Och tur var väl det, för när benen snart var på väg att ge vika och hon inte visste om hon skulle ta ett steg till, fick hon napp.

*

Kapitel 22

Vi är som du

Med nedsänkt huvud, rädd för att någon skulle se hennes blåa ögon gick hon igenom den lilla byn. Det hade varit ett under att hon hittat den just som hennes ben höll på att ge vika. Plötsligt kände hon hur några gram från den stora klumpen som satt i mage, bröst och hals lättade.

Det var en så pass liten by att man kunde se från den ena sidan till den andra, och även om Lixue aldrig varit där förut kände hon väl igen flaggan alla läkare bar vid ingången till sina hus. Hon styrde stegen mot byns medicinkunnige och hoppades att hon där skulle få hjälp.

Med hårt bultande hjärta drog hon bort skynket som hängde för dörröppningen och klev in. På en liten träpall satt en gammal gubbe med långt vitt skägg. Framför honom på en träsäng låg en halvnaken man på mage och fick akupunktur. Gubben, vilket Lixue förutsatte var den medicinkunnige, såg genast upp på henne.

Eftersom Lixue inte visste vem som var hennes fiende och vän i denna för henne främmande by, vågade hon inte berätta att mannen hon tänkte be dem hjälpa i själva verket var rikets Kejsare. Hon skyndade sig att öppna munnen och be om hjälp. Hon sa:

"Min gode medicinman. Mitt namn är Lixue och jag och min man…" Lixue låtsades snyfta till innan hon fortsatte: "…vi var på genomresa genom skogen när vi blev attackerade och rånade. De tog vår vagn och alla våra tillhörigheter. Min man, Cheng…" en till snyftning… "blev skadad…" Med darrande röst avslutade hon det sista ordet. När medicinmannen såg uppmuntrande på henne torkade hon sina krokodiltårar och fortsatte. "Jag lyckades släpa med honom till ett säkert ställe och lade om hans sår." Hon nämnde snabbt vilka örter och oljor hon använt och skulle just fortsatte när han avbröt henne.

"Är du läkekunnig?"

"Eh.. Ja, fram tills jag gifte mig för ca ett halvår sedan arbetade jag för dr Heng Fei, tidigare från Bei Li, men numera bosatt i Tu Han."

"Dr Heng Fei sa du?" han skrattade till. "Världen är allt bra liten. Jag är dr Lin Min och dr Heng Fei var en gång i tiden min lärling." Han skrockade på nytt. "Det var jag som lärde honom allt han kan." När Lixue såg förvirrad ut fortsatte han:

"Jag har inte alltid bott i en avlägsen by djupt inne i Qiu Su skogen. En gång i tiden var jag en av de stora läkarmästarna i Qinga. Så oroa dig inte lilla flickebarn, om det är någon som kan rädda er man är det jag."

Med lättade tårfyllda ögon såg Lixue på medicinmannen och i det ögonblicket visste hon inte om tårarna var äkta eller inte. Kanske hade situation varit så påfrestande att det som börjat som en charad blivit verklighet.

"Jag ska genast sända ut män att hämta er man. Kan ni rida?"

Tjugo minuter senare satt Lixue på en häst tillsammans med tre andra män. Allt hade gått så snabbt och som tur var hade ingen stått så nära Lixue att de lagt märkte till färgen på hennes ögon. Hon undrade hur lång tid det skulle ta innan hon blev kallad häxa och de i bästa fall kastade ut henne. Och i värsta fall dödade henne. Hon hoppades att hennes relation till dr Heng Fei skulle hjälpa henne.

Sträckan som tagit timmar för Lixue att gå, tog inte långt tid för en galopperande häst. Snart kom de fram till den delen där skogen var tätare, och där det skulle vara omöjligt att ta sig fram på häst. Där satte de av och knöt fast hästarna i några träd. De fortsatte sedan alla fyra till fots. Med sig hade de en bår som bestod av ett grovt tygstycke som satt utspänt mellan två tjocka bambuträn. De vek ihop båren under tiden de gick, vilket gjorde att de kunde ta sig fram snabbare.

Cheng-Gong vaknade av ljudet från deras röster när de närmade sig platsen där han låg. Han kände sig först orolig och drog efter sitt svärd som låg på marken bredvid honom. Men det var knappt så att han orkade lyfta den, ens med sin friska hand. Tanken, nu dör jag, hann just fladdra förbi i hans inre när han hörde Lixues röst. Hon måste ha hämtat hjälp. För det vore otänkbart att en så lojal tjänarinna som Lixue hade förrått honom. Ja, hon skulle inte ens förrådda hans gömställe om de gav henne alla pengar i världen eller hotade henne till livet. Det var han säker på och han måste erkänna att han beundrade henne för det. Han slappnade så av och lät det tunga svärdet falla till marken med en lätt duns.

Innan Cheng-Gong hann säga något och avslöja vem han var sprang Lixue fram till honom, slog armarna om honom och utropade:

"Åh, min kära *make*. Förlåt att du fick vänta så länge, *make*. De här männen kommer från en by en bit bort och har kommit för att hjälpa oss." Hon såg hans förvirrade blick och skyndade sig att viska "Jag är din fru, spela med..." i hans öra. Vad som hände efter det gjorde henne lika förvirrad som honom. Hon visste inte varför, men hon fann sig själv ge honom en lätt kyss. Kyssen varade bara någon sekund och var så lätt att det endast känt som en fjärilsvinge rört vid hans läppar, och ändå fyllde den hans bröst med en sådan värme. Rörelsen av hennes läppar mot hans kändes också så konstigt bekant.

Cheng-Gong förvånades över hennes fräckhet och förväntade sig att ilska och harm skulle välla upp i hans hjärta. Vem var hon, en simpel tjänarinna, att hon kunde kalla honom, rikets härskare för sin make? Den tanken borde göra honom så arg. Han väntade några sekunder, men ingenting hände. Värmen från bröstet var kvar och hans beundran för henne, hennes kvickhet, mod och styrka steg för var sekund som gick.

Precis som Lixue överraskade Cheng-Gong sig med att ge henne en lika lätt kyss där han kom åt, vilket råkade vara hennes panna, innan han tackade henne och sa:

"Min kära, jag tvivlade inte en sekund på att du skulle hämta hjälp."

Lixue visste inte vad hon skulle svara på det. Hon blev helt paff. Men som tur var behövde hon inte säga något. Cheng-Gong överraskade henne med att försöka resa på sig och Lixue skyndade sig att försöka stötta honom. När benen inte bar och han föll på knä på marken igen klev en av männen fram. Han berättade, att de skulle bära honom på båren fram till hästarna ,och att de sedan hade en anordning som gjorde det möjligt för båren att spännas fast på en av hästarna så att den halvt släpades på marken bakom den. Där kunde "Cheng" vila tryggt hela vägen tillbaka till byn.

*

Cheng-Gong lyckades hålla sig vaken hela resan tillbaka till byn och under hela den tiden läkaren Li Min skötte om hans sår. Dr Lin Min berättade att han hittat en speciell sorts mossa som hade förunderliga egenskaper. Den kunde i samband med en viss ört hämma och bekämpa både blodförgiftning och infektioner. Han försäkrade att Cheng-Gong skulle kanske inte springa och hoppa som en gasell, men ändå kunna gå kortare sträckor om bara tre till fyra dagar.

Dr Lin Min gav sedan Cheng-Gong akupunktur och tände rökelse som hjälpte hans muskler att slappna av och hans sinne att fladdra iväg.

"Så att han sover bättre och kan återhämta sig snabbare", förklarade dr Lin Min.

Cheng-Gong somnade snabbt och Lixue passade då på att fråga varför dr Lin Min, en sådan duktig läkare valt att bosätta sig i skogen istället för att söka framgång i en stor stad.

"Är man för framgångsrik kan man lätt få fiender. Jag var så framgångsrik en gång i tiden. Jag var känd som den bästa läkaren i hela Tu Wei regionen. Jag blev en tagg i vissas ögon. Man förgiftade mina patienter och beskyllde mig för deras död. Man sa att jag var ohederlig och ännu värre en mördare. Men jag visste att jag inte gjort något fel. Jag visste att jag var oskyldig. Men jag hade lagen emot mig och för att undvika dödstraff flydde jag och hamnade slutligen i den här byn. Den här byn är full utav människor som av en eller annan anledning inte passar in eller får leva i städerna. Men missförstå oss inte. Vi är hederliga människor, som arbetar hårt och aldrig gör någon annan något ont. Jag vågar berätta det här för dig eftersom du känner dr Heng Fei. Vi var väldigt nära, han var som en son för mig och arbetade tätt vid min sida under många år", avslutade dr Lin Min.

Lixue lovade att behålla hans hemlighet.

Dr Lin Min gick fram till henne och klappade henne lätt på handen och sa: " Tack, mitt barn." Han fick då syn på färgen på hennes ögon och hans ögon vidgades av förvåning.

Lixue vände genast ner huvudet och paniken steg inom henne. Vad skulle hon göra nu? Dr Lin Min märkte hennes belägenhet och tröstade henne och sa:

"Var inte orolig flicka lilla. Jag vet att du är en god person och som jag sa har du min tillit. Du behöver inte vara rädd här. Den här platsen är till för sådana som oss. Sådana som har svårt att bli accepterade på andra platser. Jag kommer se till att ingen ger dig problem så länge du är här."

Lixue kände sig rörd av hans ord och föll genast ner på knä och tackade honom för hans vänlighet. Han log varmt mot henne och skyndade sig att hjälpa henne upp på fötter igen.

Cheng-Gong sov i stort sätt hela dagen och hela den följande natten. Han vaknade bara korta stunder, men rökelsen gjorde hans sinne så förblindat att han var som i en dimma och inte kunde prata med någon. Lixue stannade hela tiden vid hans sida. Hjälpte honom att dricka under de få tillfällena han inte sov. Hon visste att det är viktigt för någon som har förlorat blod att dricka mycket vatten. Blodförlusten gjorde honom inte heller kissnödig.

Trots att han mer eller mindre var borta, även när han var vaken visste han ändå att hon satt vid hans sida. Han visste det och kände en stor uppskattning. Han hade till och med lyckats höra hur dr Lin Min trugade med henne och bad henne att äta och vila. Hon lämnade inte hans sida mer än korta stunder och när hon var med honom höll hon hela tiden hans hand i sin. Värmde den mellan sina valkiga händer, händer hårda och seniga efter många års hårt arbete. Men det gjorde inget. Trots att hans konkubiner hade de allra mjukaste händer, lenare än en babys hud och vitare än porslin, föredrog han Lixues valkiga och lätt solbrända händer.

Han tänkte inte ens på att han under all den här tiden som gått inte ägnat sin fästmö, fröken Li Na Fei någon tanke. Nej, inte en enda gång hade känslan av oro eller längtan efter henne nått hans hjärta.

*

Kapitel 23

Bortförd

2 dagar tidigare

Bo Hai Fang kunde inte vara gladare. Hur kan en man ha sådan tur? Han och hans muntra män patrullerade skogen varje dag för att ta "tull" från alla som vågade passera genom den. Det rörde sig oftast om rika köpmän, storbönder och en och en annan statsman. Men i dag hade de träffat på en hel karavan med folk. Han och hans män hade följt dem på avstånd, men inte vågat ingripa. Det hade varit för många soldater som vaktade det åtrådda bytet. Plötsligt som från ingenstans hade en stor grupp maskerade män dykt upp, och mer eller mindre slaktat åttio procent av sällskapet och de tjugo resterande procenten hade flytt till fots, och lämnat alla dyrbarheter vind för våg. Men dyrbarheterna behövde inte frukta, de skulle inte vara ensamma länge.

Bo Hai hade först inte vetat om det var sant. Hur kunde han ha sådan tur? Visst det hade inte varit det trevligaste att bevittna en sådan slakt, men vem var han att bråka med ödet? Han kunde inte rå för att en stor grupp lönnmördare dykt upp och gjort slut på sällskapet. Han antog att de var lönnmördare och inte tjuvar eftersom de lämnat två hela vagnar fyllda med guld, silver och pärlor.

AhaHahahahaha

Det måste vara Bo Hais favoritdag idag. Ja, ni hörde rätt, *två vagnar* fulla. När hade Bo Hai och hans män någonsin haft sådan tur förut? Aldrig, var svaret. När de lyckats komma över som mest, rörde det sig kanske om en mindre kista guld eller så. Men nu var det inte bara en kista guld de kommit över. Men Bo Hai var inte dum. Han förstod också att en sådan rikedom lämnar man inte bara vind för våg. De skulle komma tillbaka efter den. Men då skulle Bo Hai och hans femton bröder vara långt borta. Så fort de delat på bytet skulle de dela på gruppen i fem om fem och fly fältet till någon stad långt bort där ingen kände dem. Det här var början på deras nya liv. Hur länge hade Bo Hai inte drömt om något bättre. Om ett liv som inte gick ut på att man levde dag för dag. Han kanske till och med kunde hitta en fin flicka att gifta sig med? Bo Hai var redan tjugotvå år och längtade verkligen efter sällskap.

Intet ont anade Bo Hai att en sådan framtid var närmare än vad han kunnat tro. Han hann inte ens tillbaka till lägret och trähusen innan han mötte någon som förändrade hans liv för alltid.

Han var inte den första som såg henne. Det var hans trogna vän och broder, ynglingen Huan Ling.

"Bo Hai Fang, titta det gömmer sig någon i den där busken!"

Bara någon meter ifrån dem, gömd bakom ett kraftigt buskage satt en turkosklädd figur.

"Jag tar hand om det" sa Bo Hai. Han visste att han inte kunde lämna några vittnen. Hans lycka grusades häftigt. Han borde ha vetat att en sådan rikedom alltid kom med ett pris. Och eftersom han var ledare var han den som måste skydda de andra. Den som måste göra smutsgöra för sina bröders skull. Han kallade dem bröder, men i själva verket var det bara två av dem alla som hade blodsband, och han var ingen av dem.

De hade alla bott i en by inte långt ifrån. En by gömd i skogen där utbölingar och andra missanpassade bodde. De flesta av dem var födda och uppvuxna där. De visste inte mycket om världen utanför, men allt eftersom nya kom till byn och berättade om alla rikedomar och världsliga nöjen som världen utanför hade att erbjuda, tändes ett begär inom dem. Ett begär efter något mer. Bo Hai hade varit den första av dem att göra uppror. Inte med våld utan med ord. Han hade fått med sig femton andra och tillsammans hade de gett sig av till den närmaste staden, men funnit att utan pengar och kunskap var det mycket svårt. Svårare än de kunnat ana. De var vana med det enkla livet i Qiu Su skogen. Så som många gör skyller man alla sina svårigheter på brist på pengar. Man skulle kunna tycka att någon som levt det enkla livet, ett liv där pengar inte hade någon direkt betydelse inte skulle bli smittad av världens anda och längtan efter rikedom. Men så var inte fallet. Så som många unga och oerfarna är, så vill man alltid ha mer och tror att lyckan i livet kommer med rikedomen. Så för Bo Hai som just gjort det största "fyndet" man kan tänka sig, trodde att nu, nu skulle livet vända. Men tvärt om vad som är rätt. Tvärtom vad följderna borde bli av att följa ett sådant tankesätt, kommer inte den här historien handla om de tråkiga konsekvenserna ett sådant jagande får. Snarare tvärtom. För Bo Hai sålde inte sin själ den dagen. Utan han förlorade sitt hjärta.

*

Snart hade de flesta av sällskapet, inklusive de två fullastade vagnarna med dyrbarheter dragit vidare mot lägret. Kvar var Bo Hai och hans högra hand Huan Ling. Bo Hai satte av hästen, drog sitt svärd och närmade sig busken.

"Kom fram!" befallde han hårt.

Li Na satte hjärtat i halsgropen. Hon satt med nedburet huvud och tryckte i en buske. Hon kanske inte hade trott att det var det perfekta gömstället, men ändå trott att hon skulle komma undan.

"Lixue" gnällde hon lågt.

"Vad sa du?" sa mannen från andra sidan busken. Men Li Na vågade inte svara.

När sekunderna gick och Bo Hai inte fick något svar upprepade han. "Kom fram sa jag!"

Med ihopdragna axlar och nedburet huvud klev Li Na fram från busken.

Bo Hai kände hur hans hjärta sjönk. Det var ju bara en ung flicka. Hon måste ha varit en av de som flytt från karavanen när lönnmördarna kom. Åh, varför hade hon varit tvungen att se dem? Varför hade de varit tvungna att se henne? Hon hade gått från askan och in i elden.

När sekunderna gick och Bo Hai stod och velade vågade Li Na till slut titta upp. Framför sig såg hon en enkelt klädd ung man med sitt långa svarta hår högt uppsatt i en knut på huvudet. Blicken fortsatte ner över ett smalt ansikte, täckt av några dagars stubb. I övrigt var huden klar, om än lätt solbränd. Hans blick sökte hennes, men hon vägrade möta den. Istället svepte hennes ögon snabbt över hans kropp. Han var lång, mycket längre än de flesta. I samma klass som Kejsaren. Men till skillnad från Kejsaren som var uppenbart muskulös och kraftfull, var denna man senig och smal. Ändå kunde Li Na se om hon följde hans utsträckta arm, att armarna hade sina muskler de med. Längre än så kom inte Li Na innan hennes blick föll på svärdet i hans hand. Hon tänkte på att hon tidigare, när hon satt i busken hört ljudet av vagnar, tungt lastade vagnar stödda på fyra kraftfulla hjul i ek. De måste tillhöra vagnarna med gåvor från Kejsaren till hennes föräldrar. Mannen hon såg framför sig och den yngre mannen bakom honom var båda tjuvar och hon hade just bevittnat deras stöld. Frågan var, var de också mördare? Lixue, var är du? Frågade hon sig själv.

Bo Hai var helt mållös. Framför honom stod den vackraste varelse världen någonsin skådat. Hennes figur var smickrande smal, hennes hy var vackert persikofärgad, hennes läppar var fylliga och härligt körsbärsfärgade och hennes mandelformade ögon var så mörkbruna att de nästan uppfattades som svarta. Hon var med ett ord; fulländad. I det ögonblicket förändrades allt och hans mål var inte längre rikedomen. Hans mål var numera kärleken.

Utan ett ord gick han fram till henne, kastade upp henne på axeln och sen senare upp på hästen, så att hon hängde tvärs över den. Han satte upp bakom henne och sen bar de av mot lägret.

Li Na var så snopen att inte ett endaste litet ljud undslapp hennes läppar. Men inom sig viskade hon inte sin älskades namn utan sin tjänarinnas. Lixue var är du?

*

Kapitel 24

Lie-Jie Ping

På bara tre dagar kände sig Cheng-Gong betydligt bättre. Det skulle kanske dröja ytterligare en månad innan såret var läkt helt, men innan dess skulle han kunna röra sig som han ville, med den kraft och vigör som bara han hade. Han klarade redan av att sitta upp i sängen, gå omkring kortare stunder i hyddan och vara vaken den mesta tiden av dagen. Under all den här tiden hade Lixue befunnit sig vid hans sida. Hon hade till en början varit osäker, men allt eftersom tiden gått hade hon kommit ur sitt skal och behandlat honom så som ingen annan gjort tidigare. Som en jämlike. Och Cheng-Gong trodde till och med att han gillade det. Han kände en tacksamhet utan dess like och ville verkligen berätta för Lixue om den.

"Jag kan inte nog tacka dig för att du gjort mot mig. Du har räddat mig tre gånger nu", började Cheng-Gong ansträngt.

Faktiskt så var det fyra gånger eftersom hon räddat honom från att drunkna också, tänkte Lixue. Men det sa hon inte. Istället sa hon:

"Asch, vem håller räkningen."

Hennes ögon glittrade av humor och återigen slogs Cheng-Gong av deras vackra, skimrande isblåa färg. Han kände den djupaste tacksamhet och djupt inne, under det kände han något annat. Något han inte kunde sätta fingret på och knappt anade. Han kunde inte låta bli att le brett åt henne, smittad av hennes glada humör. Genom ett halvt skratt fortsatte han:

"Nej, jag menar det…" han pausade innan han sa hennes namn. "… Lixue. Jag kan inte nog uttrycka min tacksamhet."

"Jag skulle kunna tänka mig en befordran eller två", skrattade Lixue.

"Det ska bli", log Cheng-Gong varmt. Han skulle se till att belöna henne rikligt, både vad gällde världsliga ting och status. Hon var inte numera bara en tjänare i hans ögon. Hon var en adelsdam, kanske till och med mer en så, kanske till och med en kejsa… Han avbröt sig själv i tankarna. Nej, vad höll han på med. Han var ju förlovad med Li Na Fei. Han skulle gifta sig med Li Na Fei. Ändå kände han att hans hjärta drog bort från henne och mot hennes tjänarinna, Lixue. Det hade känts så rätt med hennes läppar mot hans och han kunde även ana sig till minnet av deras kroppar tätt intill varandra då hon varmt honom ute i skogen. Hon hade trott att han varit för febersänkt för att märka något, och ja, han hade varit dålig, men inte så dålig att han inte uppskattat hennes doft eller mjuka kropp mot sin hud.

Hon hade inget fult ärr i ansiktet. Hon var i själva verket underskön och hennes ögon var så mystiska och på samma sätt så förtrollande. Kanske var hon ett övernaturligt väsen? En gudinna eller nymf? Hur det än var med den saken var en sak säker, hon var en god sådan. Han behövde inte frukta henne. Hon hade gång på gång bevisat att hon var lojal, undergiven och lydig. Ändå vågade hon skämta med honom som ingen annan vågade. Ja, hon var i sanning speciell. Han avbröts ur tankarna av att en tonårsflicka klev in i hyddan och påkallade Lixues uppmärksamhet.

"Mästare Lin Min säger att ni behövs här ute. Kan ni komma, fröken Lixue?"

"Självklart," svarade Lixue.

Hon tryckte hans hand lätt och Cheng-Gong kände för att inte släppa taget om henne. Han ville inte att hon skulle gå, inte ens för fem minuter. Inte för att han var rädd utan henne eller kände sig obekväm, utan för att han bara inte ville vara ifrån henne. Han kände hjärtat skrynkla ihop sig och han började undra över sina känslor för fröken LI Na Fei. Älskade han verkligen henne så som han trodde?

Lixue släppte hans hand och han gjorde inget åt det. Med ett bröst tryckt av förvirrade känslor såg han henne gå mot utgången. Rädd för att Lixue skulle se känslorna i hans ögon vände han ner blicken. Han hann inte mer innan han hörde ett högt utrop. Han vände snabbt upp huvudet just i tid för att se Lixue falla handlöst baklänges och slå huvudet i kanten på ett bord. Utan att tänka sig för kastade han sig upp ur sängen och tog sig till hennes sida. Hon låg snart medvetslös i hans famn. Han vände sig snabbt till tonårsflickan och befallde henne att hämta dr Lin Min.

Han hade aldrig känt sig så här orolig förut. Hjärtat bultade dubbla slag och hans puls skenade iväg. Måtte det inte vara någon fara med henne? tänkte han ängsligt.

*

Lie-Jie Ping. Hennes namn var Lie-Jie Ping. Plötsligt mindes hon allt Hon var dotter till kinesen Junhao Ping och svenskamerikanen Daphine Ping. Den 21a augusti 1990 fick Junhao och Daphine sitt första och enda barn. En mycket älskad och efterlängtad flicka. De gav henne namnet Lie-Jie som betyder Lejon och någon som upphöjer sig själv över andra. De hade båda stora planer för henne. Men på olika vis. Hennes mor önskade att hon med sitt kvicka sätt och höga intellekt skulle bli en framgångsrik affärskvinna. Hennes man, som precis som sin fru ville att han dotter skulle få en bra utbildning önskade mera att hon skulle gifta sig med en rik kines och bli en del av en sådan familj han alltid önskat sig vara en del av.

Lie-Jie var den perfekta blandningen av öst och väst och hade fått det bästa av två världar. Hennes far hade sedan tidig ålder lärt henne mandarin, så när de varje sommar hälsade på hans släktingar i Kina hade hon inga problem med att passa in eller göra sig förstådd. Hennes första tolv år i livet var bland de lyckligaste man kan tänka sig. Men livet är som ett stormigt hav, det är svårt att navigera sig och det kan till och med hända att man faller överbord.

Den 23 oktober 2002 dör plötsligt Daphine i en trafikolycka. Utan att hon varit ovarsam eller gjort något fel blev hon offret av en rattfyllerist. Plötsligt blev allt svart och varken Lie-Jie eller hennes far Junhao, med sitt allvarliga sätt, visste hur de skulle hantera den oväntade och fruktansvärda sorgen. Junhao gjorde som många andra, han stängde in sina känslor och klarade inte av att ta hand om den person som behövde honom mest, hans egen dotter. Det resulterade i att den unga Lie-Jie blev utåtagerande, ilsken och våldsbenägen. Hon var missförstådd av alla och sorgen gjorde henne arg. Precis som många andra som förlorat någon ställdes hon inför den stora frågan VARFÖR? Vad hade henne mamma gjort för fel? Varför hade just hennes mamma dött? Varför kunde inte någon av fängelsekunderna dö eller stadens ökände tafsare Kalle-Krull? Varför just hennes oskyldiga mamma när det fanns så många andra onda människor i världen?

Denna ilska och oresonlighet ledde till att Lie-Jie mer eller mindre blev utkastad från skolan. Det gjorde att hon tappade fotfästet ytterligare. Hon sökte spänning och framför allt ville hon ha sin fars uppmärksamhet.

Men vad hon än gjorde, slagsmål, stöld och vilt festande så såg han inte att det hon mest av allt önskade var bara att han skulle se henne. Även om Junhao fram till sin frus död kunnat betraktas som en "bra" pappa hade det ändå varit hans fru som tagit huvudansvaret. Så även om sorgen, precis som sorg gör, bleknar med åren, visste inte Junhao vad han skulle göra. Efter att han pratat med vänner och bekanta tog han beslutet att skicka Lixue till en militärskola.

Trots strikt disciplin och hårda straff visade sig Lie-Jie vara en hård nöt att knäcka. Det tog till sist ett år innan hon anpassat sig till skolans regler och förordningar. Men ilskan hade inte försvunnit. Den brann fortfarande som ett inferno inom henne. Man uppmuntrade henne därför att få utlopp för sin ilska och sorg genom idrott, och eftersom hon redan var en sådan slagskämpe – genom kampsport och thaiboxning.

Men det är inte lätt att bara vara 160 cm lång, kvinna och därtill dessutom asiat inom militären. Hon hade svårt att få vänner och att bli accepterad i gruppen. Men alla framgångar inom både fotboll, basket, thaiboxning och judo hjälpte Lie-Jie att till slut få sina klasskamrater och överordnades respekt.

Drillad av militären och uppväxt efter deras förordningar och tänkesätt är det inte konstigt att Lie-Jie som vuxen valde en karriär inom militären. Hon tog värvning och efter år av träning blev hon till slut utvald till att strida mot IS trupperna år 2014.

Minnena från den tiden är minnen som Lie-Jie gott kunnat glömma. Hon hade aldrig sett någon dö innan dess, eller ännu värre aldrig dödat någon innan dess. Hon blev vid den tiden av med oskulden, blodets oskuld, i och med att hon tog en annan människas liv. Hon har sedan dess gjort det flera gånger till. Hon var en duktig kämpe som gav sitt förband flera segrar. Men även den bästa kan falla. Efter att hon fått en skadad knäskål, ett skott i axeln och flera brutna revben blev hon till slut efter sex månader av strider hemskickad. Hon hade kanske valt att stanna eller snabbt åka tillbaka om det inte varit för alla brev från sin far, där han vädjade till henne att komma tillbaka.

Lie-Jie är en envis kvinna med bra läkkött och efter ett år av rehabilitering är hon i stort sätt sitt "vanliga" jag igen. Hon fick då förfrågan om att återvända till slagfältet och hjälpa till att störta den islamska staten. Men sanningen var den är Lie-Jie tröttat på krig, och hennes pappas hälsa började också svikta. Han hade drabbats av diabetes och fått problem med synen. Lie-Jie tog därför beslutet att lämna det militära och beslutade sig för att bli livvakt istället. Men det visade sig vara svårare än hon trott. Hennes kön och smala figur gjorde det svårt för henne att få jobb, trots hennes långa meritlista. Efter olika ströjobb fick hon ändå till slut jobb för vetenskapsmannen och forskaren Elling Bauer.

Elling Bauer var en excentrisk man som trodde på sådant som tidsresor och andra dimensioner. Då när han först berättat om sin passion hade hon inte trott honom, hon hade till och med i hemlighet skrattat åt honom. Men idag visste hon bättre. Med facit i hand insåg hon att hon måste ha rest, inte bara genom tiden, utan också genom rum. Hon kände inte till något Qinga ifrån historialektionerna i skolan? Hon antog att det var ett land som inte bara låg tillbaka i tiden, kanske till och med flera tusen år, utan också i en annan dimension. Elling Bauer hade haft rätt.

Hon mindes att han berättat att det var många som ville åt hans uppfinning och att de till och med var beredda att döda för att få den. Det var därför han anställt henne. För trots att hon var kvinna och liten och späd hade han faktiskt läst hennes meritlista... dessutom var hon ganska billig. Han berättade vid den tiden inte exakt vad hans uppfinning var. Och inte trodde Lie-Jie att det faktiskt gick att uppfinna en tidsmaskin som gick fram och tillbaka och kors och tvärs. Han gav henne också väldigt underliga direktiv. Då förstod hon inte varför han sa som han gjorde, men idag, idag förstod hon allt. Han sa till henne att om något skulle hända honom och han miste livet, skulle hon gå in i hans kapselliknande maskin och trycka på den stora röda knappen.

"Du kan inte missa den", hade han sagt. "En stor röd knapp alltså", förtydligade han.

Lie-Jie hade bara nickat. Ett uppdrag hade tagit dem till Kina där Elling skulle visa upp sin maskin för en annan vetenskapsman. "Kina betalar bra", var allt han sagt. Men väl i Kina hade något gått fel. De hade blivit överrumplade. Elling dog och Lie-Jie blev skadad. Blodförlusten gjorde henne dessutom mer handikappad och dåsig än vad hon annars skulle varit.

Men Lie-Jie är en stark tjej, hon lät inte några skott hindra henne från att fullgöra sitt uppdrag. Hon kanske inte förstod varför, men hon skulle i alla fall gå in i maskinen och trycka på den stora röda knappen. Ja, det kan hända att hon var lite rädd för vad som faktiskt skulle hända, men hon hade aldrig låtit rädsla hindra henne förut, och tänkte inte göra det nu heller.

Med skotten sprutandes bakom henne hade Lixue kastat sig in i tidsmaskinen. I all hast hade hon kommit åt knapparna och siffrorna på displayen hade ändrats. Det hade hon inte lagt märke till då, utan det var något hon insåg nu. Hon hade därför gjort som Elling sagt och tryckt på den röda knappen. Därefter hade all energi tagit slut för Lixue och hon hade fallit handlöst och slagit i något hårt. Hon hade tappat minnet och hade inte fått tillbaka det förrän nu.

*

Kapitel 25

Älskar dig

1 månad senare

Det hade inte varit något som hänt något mer med Lixue, annat än det, att hon återfått sitt minne. Hon var både glad och sorgsen. För även om de sex månaderna där hon stred mot IS lämnat djupa ärr inom henne, var hon ändå glad över att minnas sin mamma och pappa. Glad, men samtidigt ledsen över att hon aldrig mer skulle få se sin far eller några av hennes andra släktingar.

Cheng-Gong hade märkt att något var annorlunda med Lixue och det hade gjort honom mer orolig. Han hade varit nästan överdrivet uppmärksam på henne och hade frågat ut dr Lin Min flera gånger om allt verkligen var okej med henne.

De hade stannat i byn en vecka. Därefter hade en trupp, i ledning av Cheng-Gongs nära vän Tao Tai, kommit och "räddat" dem. Tao Tai hade berättat att hans bror Kuen försökt ta över tronen och gjort uppror men att Tao Tai, som var övertygad om att Cheng-Gong levde hade stoppat honom. Han och hans mor, som konspirerat med honom, satt nu båda i fängelset. De väntade på Cheng-Gongs order vad som skulle göras med dem.

Under förhör och tortyr hade också Kuen äntligen erkänt mordet på deras far, Kejsare An Bai Ju, som äntligen kunde få upprättelse och vila i frid, samt de tidigare mordförsöken mot Cheng-Gong.

På inrådan av sina rådmän och med erfarenhet att någon som en gång varit en fiende, alltid var en fiende, valde Cheng-Gong att avrätta sin halvbror och hans mor. Det gav honom självklart en viss sorg i hjärtat, men kanske inte så mycket som det borde gjort. Om de bara haft en annan uppfostran? Om hans far inte haft så många konkubiner och fruar? Om syskonen hade uppmuntrats att älska varandra och inte tävla med varandra? Ja, då hade det säkert varit annorlunda. Då hade det inte slutat så här och han hade inte känt den lättnaden han faktiskt kände. Han kände en lättnad han inte gjort på flera år. Hans fiender var borta och hade straffats.

Så fort de kommit tillbaka, för en månad sedan, hade han befordrat Lixue och gett henne samma status som någon som fröken Shu Lan Wei hade. Han hade också valt att behålla henne vid sin sida. Många fann det underligt, men han ursäktade sig med att hon var en kunnig krigare som kunde försvara honom och som dessutom besatt ett avsevärd läkekunnande. Att hon dessutom räddat hans liv vid ett flertal tillfällen gjorde också att han kunde lita på henne över allt annat. Men allt detta var i själva verket inte alls anledningen till han ville ha henne vid sin sida. Han kände för Lixue en djup tillgivenhet. Han ville ha henne bredvid sig hela tiden och när hon inte var hos honom saknade han henne. Han visste inte om han älskade henne. Minnet av hans natt med Li Na Fei fanns fortfarande på näthinnan och gjorde att hans känslor för henne fortfarande fanns kvar. Så vem, vem av dem älskade han egentligen?

Hans rådmän hade till en början haft problem med Lixues blåa ögon, men efter att han redogjort för alla hennes handlingar och bedrifter, och försäkrat dem om hans största tillit till henne, hade de gett sig, och till och med sagt att hon måste vara en god häxa och en riktig tillgång för landet. Någon ropade till och med att hon var en gåva från gudarna och Cheng-Gong var benägen att hålla med om det.

Tyvärr var Lixue inte lycklig. Li Na Fei hade fortfarande inte kommit tillbaka och hon saknade henne så. Och eftersom Lixue inte var lycklig kunde Cheng-Gong inte vara helt lycklig heller. Han oroade sig över att hon åt dåligt, över att hon svimmat vid ett flertal tillfällen och ofta uttryckte att hon mådde illa. Han hade bett henne att träffa en läkare vid ett flertal tillfällen, men hon hade bestämt tackat nej. Hon trodde visst att hon kunde säga vad hon än ville till honom, nu när han stod i så mycket skuld till henne. Till slut hade han inte bett längre, utan befallt henne att träffa en läkare. Han väntade nu på att läkaren skulle komma och ge honom besked om vad det var som var fel. Men beskedet blev inte alls som hans tänkt sig.

"Med barn?" upprepade Cheng-Gong.

Läkaren drog sig över det långa vita skägget och nickade.

"Ja, ers höghet. Fröken Lixue är med barn."

Cheng-Gong övermannades av ett stort raseri. Hur kunde hon haft en annan man en honom?

"Ut!" röt han åt läkaren som förskrämt skyndade sig därifrån.

Han reste sig häftigt från tronen och skrek till alla tjänarna att lämna honom ifred.

Just som han var på väg att storma ut ur salen och ställa Lixue till svars slogs de stora dörrarna upp och general Wu Wei klev in genom salen, tätt följd av flera rådmän som var lojala honom. Han ville be dem dra åt skogen, men behärskade sig. Sällskapet bugade alla djupt för honom. Han visade med en gest att de kunde resa sig. Rörelsen hade varit häftig, påverkad av hans humör.

General Wu Wei hade lagt märke till hans tillstånd, men sa inget. Han önskade att han kommit vid ett bättre tillfälle, men det fanns ingen återvändo nu.

"Vad vill ni!?" röt Cheng-Gong.

Men generalen var en modig man och ryggade inte tillbaka inför Kejsarens ilska. Han sa istället så aktningsfullt han kunde vad han ville. Men hans ärende gjorde inte Kejsaren på bättre humör. Han blev inte gladare över att bli påmind om att hans fästmö fortfarande var borta och att Wu Weis dotter Shu Lan faktiskt kommit tvåa i tävlingarna och därför borde ta Li Nas plats som Cheng-Gongs brud. Han påminde Cheng-Gong om hans ålder och vikten av arvinge. Om att en arvinge skulle säkra hans tron och dessutom vara en glädje för folket.

*

Det hade gått några dagar sedan generalen besökte Cheng-Gong och Cheng-Gong fick veta att Lixue var gravid. Ända sedan dess hade han ständigt blivit påmind av olika "hjälpande" personer om att han borde gifta sig med fröken Shu Lan Wei. Han ville för allt i världen inte gifta sig med Shu Lan Wei, men visste inte hur han skulle kunna undvika det. Kom inte Li Na tillbaka snart, var det som de sa, att rollen som hans brud tillföll fröken Shu Lan.

Ryktet om att Lixue var gravid hade också spridit sig i palatset och flera pratade om att hon borde straffas som haft könsumgänge utanför äktenskapet. Även om Cheng-Gong var arg på Lixue ville han för allt i världen inte att hon skulle bli piskad. Han tänkte att det bästa var att prata med Lixue. Han ville fråga henne vem i hela världen som var far till hennes barn och varför ingen tycktes veta vem det var. Han hade bett flera eunucker undersöka saken, men ingen av de hade en aning. Någon föreslog till och med att hon, eftersom hon var en häxa, haft umgänge med ett spöke eller med hjälp av annan trolldom blivit gravid. Det var nästan så att Cheng-Gong önskade att det var med hjälp av trolldom hon blivit gravid. Det var långt bättre än att hon haft umgänge med en man som inte var han. Om så var fallet ville han höra det direkt från hennes läppar. Han bestämde sig för att söka upp Lixue i hennes kammare.

*

Lixue kunde inte låta bli att skratta när hon hörde teorin om att hon haft könsumgänge med ett spöke. Cheng-Gong tyckte dock inte att det var lika roligt och det sa han också.

"Skratta inte!"

"Förlåt", sa Lixue och bet sig i läppen. Hon försökte, men kunde inte låta bli att le. Hon torkade en tår från ögat och sa: "Jag kan faktiskt inte trolla och jag tror inte på spöken."

Hennes ord fick inte den verkan hon hoppat. Cheng-Gong blev allt surare.

"Vem är han?!" krävde han att få veta.

Lixue var inte dum. Hon förstod precis vem han menade. Men sa hon sanningen. Sa hon att det var han som var fadern, vad skulle hända när Li Na väl kom tillbaka och skulle gifta sig med Kejsaren? När hon inte svarade blev Cheng-Gong ännu mer arg. Han gick fram till henne och greppade tag om hennes axlar.

"Vem är han?!" skrek han åt henne samtidigt som han skakade om henne.

"Sluta" skrek Lixue, men han slutade inte. Istället upprepade han:

"Vem är han?!"

Lixue blundade och gjorde det förbjudna. Hon sa sanningen.

"Det är du!" skrek hon och vände bort blicken.

Cheng-Gong slutade genast skaka om henne. Han tog bort sina händer från hennes axlar och viskade förvirrat:

"Jag?"

"Det var inte min fröken du låg med", började hon. "Den natten hade fröken Li Na feber, men var ändå orolig för dig. Hon bad mig att gå och ta hand om dig. Jag ville egentligen inte. Det var inte min plats. Jag var ju bara en enkel tjänarinna. Men hon trugade och bad och till sist gick jag med på att gå till dig och ta hand om dig. När du sen, på grund av alkoholberusning trodde jag var Li Na lät jag dig tro det. Det var inte planerat. Det bara blev så."

Cheng-Gong var mållös. Det dröjde några sekunder innan han kunde tala. "Så du menar att det var du?" Hon nickade och han insåg då sanningen. "Det var du hela tiden..." viskade han för sig själv. Han kunde inte låta bli att skratta. "Här har jag gått omkring och trott att jag älskat Li Na Fei på grund av den fantastiska natten vi delade och så var det du." Han såg på henne med kärlek i blicken. Han behövde inte längre tvivla på det. Han älskade Lixue. Han älskade henne så det gjorde ont. Så att han ville leva och dö med henne. Han tänkte att hon skulle bli en bra kejsarinna. Hon var modig, lojal, omtänksam, stark och flitig.

Han gick fram och lade armarna och henne i en varm och innerlig kram. Hon stod stel och förvirrad i hans armar.

"Jag älskar dig", viskade han och kysste hennes hår. "Jag har gjort det ett tag nu, men inte insett det förrän nu."

Lixue gjorde lite mellanrum mellan dem och frågade förvirrat. "Älskar du mig?"

Cheng-Gong nickade. "Ja jag älskar dig av djupet av mitt hjärta. Jag hade aldrig trott att jag skulle kunna känna så här för någon kvinna. Att kvinnor bara var ytliga och tråkiga, men du min älskade är varken ytlig eller tråkig. Du är den mest intressanta person jag vet och dina åsikter kan jag lyssna på hela dagen."

Lixue grät. Hon var så rörd. "Jag älskar dig med", sa hon mellan tårarna. När Cheng-Gong hörde det brast han ut i ett brett leende. Han älskade henne och hon älskade honom. Kunde det bli bättre?

"Vi gifter oss så fort som möjligt", sa Cheng-Gong och tog Lixues händer i sina.

"Men fröken Li Na då? Jag skulle aldrig kunna svika henne", protesterade Lixue.

"Men jag älskar inte LI Na. Jag älskar dig. Och skulle Li Na gifta sig med mig skulle hon aldrig bli lycklig. Precis som jag aldrig skulle bli lycklig med henne. Hon kommer kanske vara ledsen först, men du ska se att hon med tiden skulle komma över det. Ni är ju lika nära som systrar och systrar uppoffrar sig för varandra och älskar varandra. Hon kanske till och med skulle vara glad för din skull."

Lixue kunde inte låta bli att le. Le och hoppas att det han sa var sant. Att Li Na, när hon väl kom tillbaka skulle förlåta henne bara hon fick lite tid på sig.

"Dessutom" fortsatte Cheng-Gong. Han lade en hand på Lixues mage. "Det är ju bra om vårt oförda barn får två föräldrar som är gifta. Så att han inte behöver bli utsatt för skam."

"Hur vet du att det är en pojke?"

"Det är klart att det är en pojke" sa Cheng-Gong stolt.

"Nu är du arrogant igen. Lite mansgris faktiskt", sa Lixue.

"Menar du att jag är arrogant och en mansgris?"

"Ja", svarade Lixue lätt. Hon var inte rädd för Kejsaren längre.

Cheng-Gong låtsades morra. "Jag ska nog ge dig för mansgris", sa han och gav henne en passionerad kyss. Men det var sant, han var faktiskt lite mansgris.

*

Kapitel 26

Sista kapitlet

1 månad senare

Det hade varit ett storslaget bröllop och bruden låg nu i famnen på sin brudgum. De hade just älskat och Cheng-Gong hade överöst hennes växande mage med kyssar. De låg nu och pratade.

"Så du menar att det var du som räddade mig från att drunkna och inte fröken Li Na?"

Lixue nickade.

Cheng-Gong skakade på huvudet. "Det borde jag väl ha förstått. Att någon så fantastisk som du skulle vara den som räddade mig. Hur många gånger är vi uppe i nu?"

"Fyra"

"Fyra?" upprepade han förbluffat. Han fortsatte: "Jag är glad att jag har hela vårt liv på mig att ta igen det."

De fortsatte att prata och Lixue berättade att det även var hon som lagat maten i tävlingen, kommit på svaret på gåtan och valt rätt bägare. När han hörde allt detta, skakade han förundrat på huvudet, men mindes också samtidigt att han själv undrat över hur det kom sig att en så fånig flicka som fröken Li Na Fei kunnat komma så långt i tävlingen. Nu visste han svaret. Det visade sig att han aldrig älskat Li Na Fei, för bakom alla de handlingar som imponerat på honom och rört hans hjärta hade inte Li Na stått bakom utan Lixue. Det hade varit Lixue hela tiden.

"Kan du inte laga pizza åt mig igen? Visst hette det så?"

"Ja, det hette pizza och det kan jag absolut", log Lixue varmt.

Han kom på något. "Och du måste spela för mig igen på det där förunderliga instrumentet."

"Gitarr heter det och det ska jag absolut göra", lovade Lixue leende.

*

Drygt sex månader senare föddes deras fulländade lilla pojke Junhao Ju. Junhao efter Lixues pappa eller Lie-Jie, som hon egentligen hette. Lixue undrade om hon en dag skulle berätta för sin make att hon kom från framtiden? Hon tänkte att hon med sina kunskaper skulle bli en riktig tillgång för landet och dess utveckling, och det hade hon rätt i. Ända sedan Lixue blivit kejsarinna hade hon hjälpt sin make Kejsaren. Hon hade inte bara förbättrat landets ekonomi med sina förunderliga uppfinningar som symaskinen och tryckpressen, för att nämna några, hon hade också infört obligatorisk skolgång för alla barn. Hon hade som mål att alla barn, flickor som pojkar, skulle kunna läsa och skriva och räkna matematik. Hon tänkte också bilda flera bibliotek där alla som ville kunde läsa fritt.

Detta var bara början på allt hon gjorde för landet Qinga och dess invånare.

Ytterligare sex månader gick och Junhao växte sig stark. Han var ett mycket älskat barn både av sina föräldrar, men också av alla tjänarna. Hon skulle uppfostra sin son till att bli en varm och medlidsam person. En ledare, men framför allt en tjänare av folket. Cheng-Gong hade lovat Lixue dyrt och heligt att han inte skulle ta sig någon annan fru än henne. Han skickade också iväg de konkubiner han haft, till att tjäna som prästinnor i templen. Hon var den enda för honom och hans son skulle inte få några halvsyskon att tävla mot. Han skulle försöka uppfostra alla sina barn rättvist, så att ingen kände sig mindre älskad än den andre.

Lixue hade just lagt sin son när översteeunucken Guanting Song påkallade hennes uppmärksamhet och berättade att hon och Kejsaren hade besökare i tronrummet.

*

Lixue kände genast igen kvinnan som stod en bit ifrån henne och det trots att hon stod med ryggen emot. Det var Li Na Fei. Hennes älskade Li Na hade kommit tillbaka. Li Na hörde hennes fotsteg och vände sig om och det gjorde också mannen bredvid henne. Lixue hade först varit orolig över hur Li Na skulle reagera när hon fick veta att hon och Cheng-Gong gift sig, men lugnade sig när hon såg att Li Na och den okända mannen höll varandras händer.

Så fort Li Na fick syn på Lixue sprack hon upp i ett brett leende och i den stunden visste Lixue att allt var bra mellan dem. De kramade varandra hårt och länge. Efteråt tog Li Na Lixues hand i sin och sa:

"Det är någon jag vill att du ska träffa." Hon vände sig mot Bo Hai. "Det här är min make Bo Hai Fang", sa hon stolt. Hon såg på sin man och hennes ögon strålade av kärlek.

"Trevligt att träffa dig, herr Fang" hälsade Lixue.

*

Epilog

Man skulle kunna tycka att en kärlek så stark som Cheng-Gong och Lixue hade inte kunde bli starkare, men så var inte fallet. De blev kända genom historien som de bästa och käraste regenterna genom tiderna. Cheng-Gongs kärlek till Lixue fick honom till och med att ändra i lagen så att det blev olagligt att från och med då gifta sig med fler fruar än en. Lixue hade visat honom att en hustru var allt som behövdes, att en kvinna kan vara både ens jämlike och partner, och var värd stor respekt.

Deras son Junhao följde visserligen i deras fotspår, men de förändringar han gjorde kunde inte mäta sig med deras. Med sin rikedom och framgång växte sig så riket Qinga sig större och större och allt fler människor fick uppleva frukterna av deras fantastiska styre.

Slut